踏雪留痕

陈严法——著

杜鹏飞题

合肥工業大學出版社

图书在版编目(CIP)数据

踏雪留痕/陈严法著．—合肥：合肥工业大学出版社，2021.12
ISBN 978-7-5650-5668-0

Ⅰ.①踏…　Ⅱ.①陈…　Ⅲ.①散文集—中国—当代　Ⅳ.①I267

中国版本图书馆CIP数据核字(2021)第260247号

踏雪留痕

陈严法　著　　　　责任编辑　孙南洋

出　版	合肥工业大学出版社	版　次	2021年12月第1版
地　址	合肥市屯溪路193号	印　次	2021年12月第1次印刷
邮　编	230009	开　本	710毫米×1010毫米　1/16
电　话	人文社科出版中心：0551-62903205	印　张	14.5　　彩插　0.5印张
	营销与储运管理中心：0551-62903198	字　数	160千字
网　址	www.hfutpress.com.cn	印　刷	安徽联众印刷有限公司
E-mail	hfutpress@163.com	发　行	全国新华书店

ISBN 978-7-5650-5668-0　　　　定价：38.00元

如果有影响阅读的印装质量问题，请与出版社营销与储运管理中心联系调换

真知灼见与真情实感

——《踏雪留痕》序言

许春樵

陈严法是法官，严肃、严格、不苟言笑，该是标配表情。

秋天的时候，朋友聚会场合，偶遇陈严法，从头到尾，话不多，表情似乎停留在法庭上，手中的法槌还没来得及放下，是个法官的样子。回来后，读了他的《踏雪留痕》，印象颠覆了，书中的陈严法居然是一个忧伤而又怀揣梦想的乡村少年，是一个手不释卷饱读诗书的文人夫子，是一个陶醉于山水田园的行吟者，是一个有情有义的大男人，更是一个乐此不疲的思想者。他的文字，不像法律条文那般苛刻和严丝合缝，叙事的笔墨任意挥洒，议论的思绪漫天飞舞；谈古论今时幽默风趣，抒情咏怀中掏心掏肺，口无遮掩。他的经历的确有点像苏东坡，任职多处，游历多地，只是苏东坡往下坡走，陈严法往上坡走；但他们的心气和习性有不少相似之处，无论如何负重前行，不改积极乐观心态，困厄和疼痛中，反生出更为尖锐的生存意志，敢面对，能忍受，陈严法的阐释是："心清如水"而后"任尔东西南北风"，"从心所欲不逾矩也"。苏东坡人生轨迹中，留下了一路豪放还有一大堆以东坡命名的美食，丝毫没有一路被贬的狼狈和不堪，陈严法在少年时的歧视、压抑与忧伤中激发了向上的斗志，在平凡和平淡里发现了诗意和美，在生活的不如意中理解了爱和宽容。

《踏雪留痕》写陈严法的人生际遇、工作经历、情感体验和理性思考，这不只是一次形式意义上的写作，同时也是对自己社会角色与独立形象的一次历史回眸和自我定位。

陈严法说他算不上文人，他骨子里却是文人操守和风范。他读了许多书，文学阅读和文学实践耗去了大学里一半的专业时光，他是从稿纸上走到法庭上的，所以，他思考了太多不是法官思考的问题，他很愿意并坚持以法官的身份思考文人的命题。这本书中，文化随笔最具思考深度；文化散文，最具思想的力量。

其实，究竟是什么角色已并不重要，重要的是陈严法以《踏雪留痕》完成了自我评价，即对人生、对社会、对情感，以文字的方式，抵达了"世事洞明，人情练达"的境界，如《凌寒独自开的王安石》《好官的标准是什么——读纪晓岚〈阅微草堂笔记〉有感》《我爱"明德鱼"》《一条潜伏在深海的鱼——董建先生印象》等。

"世事洞明皆学问，人情练达即文章"，这是《红楼梦》里的一副对联，也是《踏雪留痕》的一个深刻的阅读启示。

苏东坡潇洒，说人生如飞鸿踏雪，不在意留下的一星半点痕迹；不在意，不等于不留，那么多诗文，留下的不只是痕迹，还有文化、人生与哲学，陈严法《踏雪留痕》如出一辙。陈严法不是苏东坡，但他对文化、人生与哲学的思考贯穿了字里行间。“思考”或者“探索”是解读陈严法《踏雪留痕》的“关键词”，即使是叙事类的散文也概莫能外，如《我爱“明德鱼”》由官员朱明德画鱼延伸到文人的旷达、率真、自由和快乐的人生态度。《窗外的风景》是一篇构思精巧的散文，从窗口看风景，看节气，看人生，对于一个行者过客，窗外的风景，不属于自己，却属于自己美好的记忆，美在距离，美在用欣赏的眼光去发现，去感受，去体验。从《天上村落木梨硔》体验到了“村在云中，云在村中”的神奇之美，而篇末则是人生感悟，想象着有那么一天，自己“融入清风云海中，脱离世俗烦恼，洗去心中杂尘，观云舒云卷，看雾消雾散，那会是人间快意之事”，作者把木梨硔认定为自己灵魂的归宿和精神上的故乡。陈严法的叙事散文，看起来写人写事，实则是借人和事说理，借人和事表达自己的人生立场和生活态度。我去过徽州无数次，也写过不少徽州文字，但没写出陈严法《有梦到徽州》里的独立发现与个人判断，“在精致中涌动着大气，在大气中蕴含着中庸，在中庸中展示了文化”。精致、大气、中庸、文化，我认为提炼出了徽州历史性的核心主题。

陈严法从日常中发现非常，从有限里探索无限，从细微处体会大义，他推崇英国诗人布莱克在一粒沙子里确定了一个世界，这是对世界、对生活的观察方式，同时也是在观察与思考中建立个人人生立场和生活态度，拔高一下，即价值观、人生观。中国人写文章历来讲究“文以载道”，文章如果没有“道”，文辞华丽，就会以“华而不实”来否定。桐城派散文首推“义理”，其后才是“考据”“辞章”，所以曹丕在《典论·论文》中把写作当成“经国之大业，不朽之盛事”，“年寿有时而尽，荣乐止乎其身，二者必至之常期，未若文章之无穷”。有思考，有发现，有判断，有对生活隐秘真相的深刻揭示，这才是“不朽”和“无穷”的好文章。陈严法以自己写作的不遗余力践行并实证了这一创作理想。思考型写作，思想性呈现，是《踏雪留痕》的基本特质。

文学是作家通过笔下的文字向生活表态，为人生代言，对社会发声，这需要人生的积累、情感的沉淀、理性的力量，形象的描述就是“世事洞明，人情练达”。陈严法从乡村到县、市、省城，大半辈子一直“在途中”，安庆、铜陵、滁州、黄山、合肥，每一个地方是他乡，也是故乡，情感纠缠不休，思绪动荡跳跃，颠簸跋涉中，风霜雨雪里，锤炼了意志，练就了本事，重要的是长了见识，本事奉献给了组织，见识留在了书里。《欧阳修与琅琊诗意》里很惊艳的一句是：“犹如一场艳遇，欧阳修与琅琊山一见钟情！”这是文学化的个人感觉，由此推及一个人与一座山的相互成就，一座亭与一座城的相互命名。读史如果读出了教科书上的见识，读出了公共判断，显然就缺少原创性，缺少独特的个人发现，也就缺少了独立价值。《凌寒独自开的王安石》里，陈严法没有将“王安石变法”的失败归结于通常所言“统治阶级内部，变法派与保守派的斗争与冲突”，而是在对王安石的历史钩沉中，剖析出“性格执拗”“人际关系失败”，不好上，不好色，不爱财，他是统治集团中的另类，变法与不变法，都会败走官场，个人判断与独立发现的意志异常坚定。这在《好官的标准是什么——读纪晓岚〈阅微草堂笔记〉有感》一文中同样鲜明，私心是人的天性，好官不是没有私心的人，而是能够克服私心的人。《为我们的工作和生活而歌唱》中没有把工作和生活的意义无限拔高，人活在世上无非是“想明白一些道理，遇见一些有趣的事，看到一些有趣的人”，若此，足以歌唱，见解可谓独到，这是合乎人的自然属性的人生定义。《思考是快乐的运动》的名字就很独特，他把思考当作生命的快乐，当作生活的运动，所以，《踏雪留痕》从开篇第一行文字开始，思考贯穿到全书的最后一个句号。

文学在思想之外，传递的是情感，文学的感染力正是来自阅读中的情感共鸣。文章有情感，文字才有温度、才有人性张力，才能叫作文学。可文学中的情感有真有假，尤其是虚构写作，掩饰、伪装、做作，甚至捏造情感随处可见，虚情假意的文字比比皆是。情感贵在一个“真”字，陈严法散文的另一个显著特质，就是“真情实感”，尤其是《你，永远是我生命中那束最美的阳光》《那是一个甜蜜酿造的过程》写夫妻从恋爱到当了祖辈几十年的情感，丝丝入扣，细腻绵柔，随手拈来，准确到位，看了令人动容。陈严法从文章标题就旗帜鲜明地表达夫妻几十年相互理解、相互支持、相依为命的和谐、默契与感动，没有丝毫的掩饰和吞吞吐吐，“真”是态度，也是人格的外化，真诚、真实、真心、真意，是陈严法叙事的基本姿势，也是最打动人的地方。对妻子的“感动”与“感恩”，是一个男人高贵的情感与气质。《我的父亲》真实地还原了父子从对立、敌意、仇恨到理解、宽容和恻隐，父亲极度的自卑与自尊源自身份的尴尬与低微，他用极端的暴怒保护自己，伤人，也自伤。父子亲情的和解深度阐释了“中国特色”的“父爱”。《给儿子的一封信》平等地就十八岁前简单粗暴的教育向儿子诚恳道歉，流露出陈严法中国式父爱的“现代性”，难能可贵，但对儿子的几点希望仍然流露着居高临下和指点迷津的“父权”意志，其中教诲虽未必能得到贯彻落实，但这封信贵在坦率、真诚。陈严法写同事情同学情的《感怀逝去的两位法律人》《皖河边上那棵树》写出了那种“兔死狐悲”的真情与疼痛，将同学的早逝表述为“轰然倒下”的一棵树，力透纸背，入木三分。

文学写作不同于新闻写作，不同于宣传报道，也不同于调研报告，以文学名义出现时，遵守文学纪律，执行文学规矩，是作家的职责，也是作家应有的素质。陈严法从小就有文学梦想，《踏雪留痕》是初心不改的证据，也是他文学修炼的一次展示。陈严法叙事语言注重诗意的呈现，写徽州的一组散文，像是一幅幅云雾缭绕、山水跌宕的国画，诗意盎然，诗性弥漫。《雨中走坡山》，黄山的云、水、雾在笔端流淌，油菜花、菊花在稿纸上盛开，《故乡，那永远抹不去的记忆》中用唯美抒情的文字呈现故乡，“清新的空气，吸入口中，带着小草和泥土的香味”“路边青青小草挂着颗颗晶莹的露珠，遇到乡亲，一声问候，会让人们心里温暖一整天”，写出意境，也写出了体验，文字的效率和魅力由此而来。文学描写忌讳轮廓勾勒、说明式交代，写人记事要写出生活的质感来，《一条潜伏在深海的鱼——董建先生印象》将董建的形和神都写活了，抽烟喝酒的神态栩栩如生，画人也画魂，属散文之正统；《神奇的铜陵白姜》，从土壤、种植、气候、收割、晾晒、制作，写得灵动轻盈，烟火气十足，散文中虚与实、动与静、张与弛，运用自如，拿捏适度，极大地拓展了文字的表现力，丰富了文章的表现力。多年对文学坚持不懈的追随，使陈严法可以在公文和文学两套话语体系中从容切换。

“艺无止境”，从更苛刻的意义上去剖析陈严法的写作，技术上仍须继续突破，主要集中在叙事散文中文字的密度不可过大，不要写得太满，要有跳跃，要留有空隙，如同绘画中的留白；文化散文的结尾可以直接亮出自己的观点，而叙事类散文结尾不宜用概括总结性语言，即将理性表述的语言改为感性描写，或用一个场景来暗示、隐喻所要概括的思考与思想。《行走在徽州古道上》的结尾是一个很好的范例，“回到城市，沿着新安江，走过嘈杂的屯溪老街，我仿佛看见一队队古徽商，在‘前世不修，生在徽州；十三四岁，往外一丢’的吟唱中，肩扛马驮，踏上徽州古道的背影，他们送走的不仅是徽州的特产，更有徽州的文化”。这个结尾有画面感，有文学感染力，也有思考的穿透力。

陈严法的《踏雪留痕》是我阅读中的一次重要的体验，

他的散文随笔可用三句话总结，以思想见长，以真诚加持，以文学命名。合上书本，读者会明确感受到“真知灼见”和“真情实感”所彰显出的文学力量。

是为序！

（许春樵，中国作协全委会委员、安徽省文联副主席、安徽省作家协会主席）

稳重　平实　自然

——读《踏雪留痕》有感

武佩河

认识陈严法先生是因为电影剧本《小岗村里大法官》的创作。我担任编剧，从确立主题到电影开机，先后与他接触过几次，通过对电影主题的确立、创作思路研讨、深入采访、专家座谈、修改讨论、拍板定稿、开机拍摄等过程，我对他从陌生到相识，再到相知，后是十分敬重。他在法学研究、法律实践方面颇有造诣，称得上是位专家型的法院院长。他说话简洁利落，主题明确了当，办事雷厉风行，处事严谨认真，看问题入木三分。后听说他对文学也有一定爱好，文笔还很棒，当时我也没太在意。

几天前，突然接到邀请，说是陈严法先生要出一本文学著作，请我为其写序。这是我想不到，也没敢想的事。我迫不及待地前去取得书稿。对于一个作家来说，是多么想看到好文章啊！我在公交车上就读了起来。开篇的《一人一世界》就吸引了我，文章的开头引用了英国浪漫诗人威廉·布莱克的佳句“把无限放于你的掌上，永恒在一刹那收藏”。文字的力量在一刹那爆发了，我的双目被牵引着，整个思维被牵引着，被牵引进陈严法先生的文字世界里。直到公交车停下不走了，我才又从那些文字中跳出来，原来是公交车到了终点站。

陈严法先生的这本书稿，10 多万字，我却用了两个整天才把它读完。我很惊叹，也很感慨，他的文章这么有思想，这么有独到性，这么有灵性，是我没有料到的。

他的文章是敞开肺腑肝胆的，任你用最犀利的目光去审视，丝毫没有刻意的遮掩。蒙冤被折磨致死的祖父，少年流浪、成年过继到一个陌生的村庄、自卑加自尊融合于一体又桀骜不驯的父亲，十分贫困的家庭，野蛮、野蛮、再野蛮的父教等恶劣的生长环境，都是那么赤裸裸地跃然纸上。读到这些文字，我的心里一阵阵酸楚。这也正如他在《一篇浩浩荡荡的碑文》中所说的那样，想用自己家世的艰辛和一步步成长的艰难来勉励后世，因此，他对自己当年生活的窘迫艰辛没有一点讳饰，而是动情地回忆、如实地叙说着当年的生长环境。

他的文思是那么的犀利。他在《欧阳修与琅琊诗意》一文中有与众不同的视角，跳出“山水成就了诗人，还是诗人成就了山水”之争，他认为：“无论是谁成就了谁，那都是一个历史的机缘而已，让欧阳修与琅琊山融合在一起，形成了琅琊文化的一个整体，更丰富了琅琊诗意和人文内涵。”欧阳修与琅琊山的艳遇，催生了“醉翁之意不在酒，在乎山水之间也”等琅琊文化的浪漫主题。在《琅琊：一个让失意酿造诗意的地方》一文中更是用犀利的目光，举出人生悲欢离合、起伏升落的许多名人实例，准确地表述：“无论是快意江湖，还是怡情山水，都是为了忘却心中的失意，这样失意才能变成诗意，也催生出诗意。”琅琊，就是一个让失意酿造诗意的地方。《你，永远是我生命中那束最美的阳光》《那是一个甜蜜酿造的过程》《为孙女起名》等描述的都是生活、工作中一些常见常遇的小事、琐事，可从他的笔下流过，都成了发人深省的美文和教科书。

他的视角是那么的独特。他能从诗人的佳句和寺僧的禅语中悟出道理，能从寻常细微的角度变换中，审视出大千世界的万般变化，从有限之中放眼于无限；懂得见微知著，从而打开自己的世界。他能从祖母阻止他去看露天电影和不许他疯耍等言行中，感受到祖母朴素的爱，感觉到祖母把他吸引到青灯下、书本中的苦心。他能把父亲的严管和打骂理解为父爱的另一种方式。

他的行文是那么的严谨。陈严法先生不愧是一位法律服务工作者，他的文学作品的排篇布局、段落结构也是很严谨的，无论是怀旧或是记事抑或是游记，段落与段落之间、上句与下句之间都是那么的严丝合缝；尤其是议论文更是环环紧扣，有理有据，由浅入深，最后使读者豁然开朗。

搁下陈严法先生的书稿，我的思绪仍留在文中。我在想，他在作品中追求“物境、心境、意境”且把握得那么好，他的文章给了我余音绕梁的感受。掩卷静思后，我认为，他的文章有如下几个特点。

首先是稳重。这与其性格相吻合。有人说，小说家心中装的是一个人，散文家心中装的是一个心中装着哲学和音乐的人。我说陈严法先生心中装着的是世界，是世界上一切美好的东西！士奇则心灵，心灵则心神飞动。他在《故乡，那永远抹不去的记忆》一文中这样说道："对于故乡，无论是留下的还是离开的，一百个人有一百种感悟和认识，一百个人有一百个情怀。留下的人把汗水和血液都浸入了那片土地，即使有一颗飞翔的心，那片土地都有神奇的魅力把他拉回；离开的人即使恨自己的故乡，但从双脚落地的那一刻，在他心灵的深处就烙下了故乡的印记，那血缘和亲情如同一根线，无论你飞得多远，都会把你牵连。"这如诗一样的语言告诉所有的人，虽然他少年时期的生长环境令人难过，但他的根在那里，那里也有美好的回忆。祖母的一碗鸡蛋羹、祖父带回的一筐鱼、祖母的鱼丸、母亲的蒿粑，还有那带着稻草味道的炊烟和春天泥土的芬芳、清晨的鸡鸣鸟啼、乡间的小路，就连路边挂着晶莹露珠的小草，都深深镌刻在他的脑海中。外出读书、工作，一步步走上领导岗位，他每年都要回到家乡，但没有衣锦还乡的那种显摆。这种稳重的叙述让很多游子想起了故乡，更让许多久别迟归的游子心中浮起丝丝酸楚。《我的父亲》一文，开头寥寥几笔的介绍，一位饱经风霜、吃苦耐劳而又坚忍不拔的老人形象便立在读者的眼前。对父亲的野蛮与家暴，作者少年时怨恨，成年后理解和认同，直到父亲老了，也没有说出心中一直想说的那句“父亲，您辛苦了!”但每次见面时自己止不住流下的眼泪告诉了读者——父子情深!

其次是平实。书稿中有几篇是自己成长过程中情感的描述，通篇没有令人一震的豪言壮语，没有振臂高呼的雄心誓言。祖母朴素的爱，祖父辛勤的劳作，父亲的严管与自尊等都在潜移默化地影响着他，使他自小养成了许多良好的习惯。有几篇讲述的是交友、师生情，那种胸怀坦荡，那种君子之交，那种情深义重都通过平实的语言展现得淋漓尽致。尤其是描写夫妻情深的篇章，没有花前月下的浪漫描写，没有山盟海誓的爱心表白，没有绚丽多姿的华章，但两年间100多封两地书道出了夫妻恩爱。彼此的思念通过笔和纸来表达，虽然简单，但并不枯燥。他在《那是一个甜蜜酿造的过程》一文中是这样描写的:“看信的时候，常常被妻子质朴的语言打动，字里行间虽很难找到‘我爱你爷之类肉麻的字眼，却流露出她对我的爱是那么的质朴纯真。写信是心情的一种放松，等信是一种心中的期盼。”三言两语，道出了一个丈夫对妻子的爱。他在《我的父亲》一文中没有回避祖父人生的遭遇和曲折，父亲的自卑与自尊，自己少年时恶劣的生长环境。他写得很真切，很平实，但平实中蕴含着情感激流。

再次是自然。陈严法先生的文章有一种浑然天成的感觉，说一件事，写一个人，谈过去，写当今，爱与恨，苦与乐，叙人生遭遇，述人生感悟，得到的与失去的，都是娓娓道来，很少用华丽的辞藻去包裹，也没有披上风花雪月之衣，更无无病呻吟之馊酸之味。也就是说，他把对艺术形式的探索放在比较平实的形式中进行着，使一切显得那么自然。

最高的技巧是无技巧。陈严法先生的文章是在呈现自己感受到的生活，因而他的作品显得稳重、平实、自然。一滴水中有太阳，寥寥几笔便是一段情，三言两语便是人的一生一世，但从他的稳重、平实、自然中，能看出他内心的波澜壮阔。

（作者系中国作家协会、中国电影家协会、中国民间文艺家协会会员）

目　录

一人一世界

一粒沙里有一个世界，一朵花里有一个天堂；
把无限放于你的掌上，永恒在一刹那收藏。

这是英国浪漫主义诗人威廉·布莱克的佳句，读后让人感触颇深。

多年前，我曾到庐山东林寺，漫步在三笑亭，咀嚼着“莲开僧舍，一花一世界，一叶一如来”的题记，联想威廉·布莱克的诗句，觉得心中陡增一丝豁然。

无论是诗词还是禅语，以一微观细物生出万千世界，道出的是一个人的一种心境。一朵漂亮的野花虽然渺小，但是对于蜂蝶来说是一个天堂。寻常细微之物，换个角度来观察，原来却孕育着大千世界，无限常常隐于有限之中。一个人如果悟透这些道理，即便一贫如洗的你握住一粒沙子，也能感悟到拥有整个世界。因而，只有懂得见微知著的人，才能真正打开自己心里的世界，这应该是一人一世界的世俗之理。

浩瀚宇宙中，我们宛若细沙微尘，虽然渺小，却也自成一个世界。一个人无论是多么伟大还是多么平凡渺小，都有权利拥有自己的世界，演绎自己的人生，使自己的生活精彩。人生没有彩排，时时都是现场直播。“路漫漫其修远兮”，我们永远不知道下一步会是如何，会出现一个怎么样的局面。那么就让我们做一个自己戏剧中的演员吧，尽情地投入、尽心地工作、尽力地付出，用自己生命里所有的时间和精力，所有的真心和真情，所有的欢笑和泪水，去演绎这场生活之剧：珍惜生活，恬淡自然，宠辱不惊；把一切看淡，热爱工作，视工作为事业，把爱融入工作中，追求尽善尽美。我们只要始终辩证地看待事物，在思考中分析与诠释问题，精进于每一项工作，就会做到无愧于时代、无愧于社会、无愧于我心。我相信，当花儿不再为了炫耀而绽放的时候，才能真切地感受到阳光的美丽。

一个人有一个人的喜怒哀乐，一个人有一个人的性格，一个人有一个人的思维方式，一个人有一个人自己的故事。应当知道，每个生物都是自然的杰作，每个人更是大自然的奇迹；每个人都是独一无二的，生存之美妙就在于人与人的不同。人生没有圆满，每个人都不能得到所有的一切；即使得到了也是这个世界的，所有权永远不属于你。让我们在自己的人生之外看到不同的人生，这个世界才会如此的多姿多彩！

清明时节雨纷纷

又到清明，天上下着细雨。望着绵绵细雨，我思绪回到魂牵梦萦的故乡，回到当年我在祖母身边的时候。祖母离开我已经多年了，我仍时时想到她、思念她。

我在家是老大，又是男孩，爹奶最疼头孙子，所以祖母对我特别的喜欢和关爱。祖母没有文化，但她那种朴素的爱引导我养成了很多好的习惯，尤其是读书学习的习惯。

小时候，农村经常放露天电影，那是孩子们的节日。每逢那时，我就对祖母说想和小伙伴们一道去。祖母不是简单地呵斥，也不是简单地反对，只是轻轻地说："你去可以，晚上就不要回家。"因为年龄小，祖母的一句话就把我吓住了，只好乖乖待在家里，拼命地想象着电影如何精彩、小伙伴们怎样嬉闹快乐。夏日夜晚，是农村孩子玩游戏的好时光，广袤的星空下，空旷的打谷场上，有捉迷藏的、有玩打仗的。每次听到房前屋后孩子们的打闹声，我的心里都痒痒的。祖母看出了我的心思，仍然是一句话："你可以去玩，晚上就不要回家。"一个人在家里没事，久而久之，只好拿起书本，面对青灯，读书写字。而此时，祖母都是默默地坐在我的身旁，陪着我学到深夜。现在想起来，虽然失去了很多童年的乐趣，却让我养成了爱好读书的好习惯。从小学到高中，我的学习成绩一直很好，成为村里第一个大学生，祖母为此兴奋了很长时间。

祖母是一位性格坚强、十分讲理的女性。有件事我至今记忆犹新：因为我的父亲非她亲生，而是过继到这个村子的，所以在农村受到外人欺凌的事很多。一次，父亲与同村的人因田间用水引发纠纷被对方打伤。父亲住院，整个家庭笼罩在忧愁之中，经济状况也一下子陷入了困境。这时，祖母并没被吓倒，她也没到对方家里去闹，只说："我就不信天底下没有一个说理的地方！"于是，她老人家拄着拐杖，牵着年仅 7 岁的大孙子——我，去找当时的大队书记说理。在大队书记家里，他那种不冷不热的态度使我十分气愤，我拉起祖母就走。虽然最后事情得到了解决，但我始终对当时大队里的干部没有好的印象。在回家的路上，祖母说："伢呀，人受点苦是件好事，以后不管你干什么，你都要做一个讲道理的人。"祖母的这句话，既包含着做人的哲理，也是对我的期望，让我终生难忘。

我上了大学，回家的次数有限。每次回家我都能看到祖母在村口守望，就问弟弟，祖母怎么知道我今天回来。弟弟说，一到放假，祖母就在数着日子，每天都在村口等你回家。说得我心里酸酸的。那时，祖母已经七十多岁了，身体健康状况也是每况愈下，一双小脚从家里走到村口，可想而知，她老人家要付出多大的艰辛。但她那望孙儿归的心，我们做晚辈的又怎能理解。大学毕业到结婚成家，我回家的次数更少了，但我时时能接到家里的电话。弟弟说，祖母已经走不动了，她总是挂念你，问你过得怎么样？每次接到家里的电话，我只能是深深地愧疚。祖母病重时，我带着儿子回家看望，她老人家躺在床上，一手拉着我、一手拉着重孙，对我说："伢呀，做人要做人事、说人话。你现在是吃公家饭的人，一定要把自己管好，家里把你送出去，不容易啊！"这是祖母临终前留给我的最后一句话。是啊，祖母，从小一直受您教诲的孙儿，怎么不记得您的话呢！又怎么能不严待自己呢！

祖母一生平凡，但这平凡中积淀着做人、做事的深刻道理。她老人家的这种理念，就像这眼前细密的春雨，浸入我的心田，时时激励着我真诚为人，尽心干事，以爱持家。

我的父亲

父亲已经垂暮，没了往日的精气神，七十多岁，牙齿也掉光，嘴巴显得瘪瘪的，说话都不关风了。看到他弯腰驼背的身影，我的眼睛有些酸酸的，隐隐中感觉人生易老，过往对父亲的不快自然烟消云散了。其实，关于父亲，我们之间还是有一些故事的。

在农村，父亲算是有文化的人。他高小毕业，认识几个字，而且会打算盘，在生产队当会计。他是过继到我们生活的村子的，作为一个融入其他血统家族的男人，自然是自卑和自尊心态交织，还有一种桀骜不驯的性格要素。所以，处理家族关系方面，有时就因为自尊或者说是自卑作祟，得罪了村子里的很多人。在子女的教育方面，他也有一种与众不同的思路，不想让自己的子女与同村的孩子一样学习平庸，其教育方式大多是野蛮、野蛮、再野蛮。

从记事时起，我们兄弟的记忆中，只知道的是挨打、挨骂；而这种挨打、挨骂都来自父亲。父亲还最怕自己的子女受到别人的欺负，只要发生这种情况，他立即会火冒三丈，接着就是对我们拳脚相加，这更是自卑自尊加在一起的原因吧。记得小学三年级时，我在上学的路上与一个年长的同学发生了一点争执，有一个“好事者”把这件事密告给了父亲。晚上放学回家后，父亲问我别人怎么欺负我的，我说没有的事。他以为我欺骗了他，在吃晚饭时，竟然用吃饭的碗砸向我，我的眉头处的皮肤被砸破，留下了终生的印记。从那以后，我很长时间没有和父亲说过话，幼小的心灵里埋下了仇恨父亲的种子，心理上的隔阂深固形成。长时间我们形同陌路，没有交流。直到大学毕业后，还是父亲主动找我，问到我分配的事情，我只简单回了一句：我的事情不要你管！听到我如此决绝冰冷的话语，父亲只是叹了一口气，显示出无比的落寞和无奈！

我们家的子女很多，兄妹五个，我在家是老大，三个男孩都在读书，只有靠农业收入来维持生活，其负担是可想而知的。但为了三个男孩子读书，一方面是牺牲两个妹妹读书机会，另一方面就是全家节衣缩食，把省下的钱都投入到男孩子的读书上。为了能筹到钱，父亲这个不会做生意的人，也与别人一道到外地贩鱼，到集镇上卖。贩鱼的季节都在冬天，无论是晴天还是雨天，父亲卖完鱼后，浑身都是湿漉漉的，一双手长期在水中浸泡全患上了冻疮。为了更快挣钱，解决家庭的困境，父亲又跟着别人到城市做生意。一次他和别人到外地贩了一批旧皮鞋回到集镇上零卖，不仅没有卖掉，而且亏了本钱，但父亲没有让合伙人吃亏，把亏本的钱一个人承担下来。我现在想来，虽然父亲识几个字，也懂点算术，但他根本就不是一个做生意的人。像他这样，因为生性本分和厚道做人，只会是一辈子吃亏。

家里孩子多，吃的是五谷杂粮，体热病痛是自然的事情。有一年，我和弟弟都得了肾炎，这在农村属于严重疾病。为了医治我们的病痛，父亲是最用心的，他不仅背着我们去求医问药，而且到处打听各种医治的偏方。记得为了寻找一种叫芭蕉根的配药，他不顾艰辛，到太湖县深山里去寻找。他回家以后说，在那夜的大山里，四周都很阴森，他很是害怕，幸亏有位太湖县大山里的老乡留他在家住了一晚，不然那夜不知道要走到什么时候才能回家。后来，这位太湖的老农成为我们家的朋友，每年过年都会相互拜年。

父亲其实是孤儿，他的父亲很早被冤案折磨死了。父亲的母亲是一个农民，经历了这场大变故后，就改嫁到了外地。父亲一个人流浪了很长时间，其间也找过自己的亲戚，希望获得一些帮助，但在那个年代，人人生活都很艰苦，而且他又是一个“右派”的儿子，谁愿意收留和帮助人呢！最后，他流浪到了我出生的这个村子，与我母亲结合，组建了家庭，生活才慢慢稳定下来。

祖父含冤而死一直是父亲的心结，他经常到县里的有关部门去反映情况。党的十一届三中全会后，父亲到县里去的次数更多了。每次回来，他都叫我把他反映的材料誊写几份，当时我不知道他的用意，后来我才知道他要投诉到不同的部门。那时候没有复印设备，只有靠人工加复印纸手写。这也让我知道了祖父是一个什么样的人，也知道在那个年代人生的艰难，更让我知道父亲为什么要执着地为一位去世多年的人奔走呼号。后来，祖父终于得沉冤得雪，国家给了三千元的抚恤金，解决了三个城市户口，父亲的脸上终于露出了笑容。

一个外乡人，要想在本村家族势力很大的环境中生活下去，是一件多么不容易的事情。在我六岁的时候，他与邻居因为水稻田放水的事情打了起来。对方因为兄弟多，把我父亲打伤了。父亲的住院，让全家都笼罩在痛苦、哀愁、无奈之中，住院要费用，田间要劳力。还是我的祖母（我母亲的娘），一个不信邪的倔强老人找到当时的大队书记，让对方支付了一部分医药费，才暂时缓解了家里的经济困难。

父亲其实是有几个亲戚的，他们是父亲的表亲。父亲的两个表兄弟都在安庆生活和工作，在取得联系后，我们才知道，他的两个表兄弟生活条件非常好，住的是两栋两层高的楼房，而且是他们自己的家产。父亲在安庆怀宁的乡下过着很艰辛的生活，而且上有两位老人要赡养，下有五个子女要抚养，其境况是可想而知的。可是我倔强而坚韧的父亲，从来没有叨扰过他们，凭自己勤劳的双手和那并不厚实的肩膀，赡养双亲，抚育儿女。三十多年后，我的两个妹妹已经出嫁，三个兄弟也都走出来了，家庭的境况大为好转，父亲和母亲都在农村安享晚年。这也是对父亲的一种慰藉吧。

真正对于父亲的理解，还是在自己当了父亲以后。有句话叫“养儿才知父母恩”。自己做了父亲，我才慢慢知道作为父母的苦衷，才慢慢理解父亲的那种教育子女的方式。

父亲老了。看着他日渐老去的面容，望着他更加弯驼的背影，我的心中有一种酸酸的滋味，每次见面，眼泪都会止不住地流下。我想说一句：父亲，您辛苦了！但我始终没有说出口。

为孙女起名

有人说：一名之得，可以成龙；一名之失，可以为虫。这是泛化了名字的作用，我不同意这种观点。我认为名字对于一个人来说，只是一个符号，同时与我们人生有一些关联。一个人在人生中能否取得成功，当然靠能力。我们都是凡夫俗子，对于起名的重要性没有上升到特别的高度，但对于晚辈起名寄寓平安幸福美好的愿望还是有的。

儿媳妇怀孕以后，儿子就给了我一个任务，把将出生的宝宝的名字起好。虽然我也懂一点古文，也写一点文章，但还是感到压力山大。一是儿子出生前，我为他取了不下二十个名字，到上户口的时候，我都没有确定一个名字，现在又是超前取名，到时候不知能否通过；二是中国的文字很多，内涵更是丰富，在上万的常用字中选择，实在是一件很难的事情；三是即使把名字提出了，还必须得到家庭成员的赞同和肯定，没有他们的肯定，就是我认为最好，那也是枉然。不管多大的压力，功课还是要做，任务还是要完成。在宝宝即将出世时，我拿出了六个参考名字，男孩三个，女孩三个。哪知道，我把名字说给儿子听，是说一个，被否定一个。几个月的工夫都白费了。我想，既然都不同意，那只有等宝宝生下来再说吧。

2020年10月14日的下午5点18分，孙女诞生了，体重6斤半，体能满分。我看到发来的照片，心中非常高兴：胖嘟嘟的脸略显红色，一头乌黑的头发，两只眼睛还没有睁开，尤其是她的鼻子很有特色，鼻梁虽不高，但鼻翼很大。我想孙女长大后一定是健康的美女。欣喜之际，儿子的电话又来了，追问我把孙女的名字可起好了。我又只得再搜肠刮肚，再看古书，再查资料，乃至看手机、看电视，只要是与姓名相关的，我都考虑，我都参考。再次拿出了几个名字，又被否定。

为自己孙女起名任务没有完成，作为爷爷很不称职，也是很没有面子的。儿子、儿媳的信任不说，妻子的督促让我无法推脱，我只得再次披挂上阵。在众多美好的文字中选择了一个“彤”字。我的理由：一是彤字象征红色，充满希望，旭日东升，给人一种优雅大方的感觉；二是孙女出生在深秋，秋天是红色的，更是收获的季节；三是儿子在铜陵出生，彤与铜谐音，与儿子联系起来了。于是，孙女取名陈一彤。提交家庭成员表决，获得了一致通过。等到孙女长大后，我肯定要把这个故事讲给她听，让她感受到全家浓浓的情和爱。

一彤出生的第三天，我急匆匆从工作地黄山赶到合肥。把宝宝抱在怀里，看着她漂亮的小脸蛋，我心中满满的是兴奋、快乐、幸福。又是一代人啊，我希望“一彤”这个名字不仅可以激励她奋发进取，而且成为她迈向社会、走向成功的第一步。

儿媳妇是第一胎。现在又鼓励生三胎，到时候二宝、三宝出生了，取名的任务又来了。我想儿子、儿媳思想活跃、思维敏捷，肯定会担起起名的任务，不会像我这个老古董，一直到孙女出生才取好名字。

给宝宝起名真的不容易！

但幸一识洪汲绠

我是 1985 年进入华东政法学院学习的。在校四年，一边研学法律，更多的时间则在阅看文学书籍，从唐诗，到宋词，再到明清文学。应当说，现在能码几个字，得益于在大学时代有点专业外阅读，阅读中，我对书法艺术也产生了兴趣。

大三的上学期，我选修了书法艺术课，给我们授课的老师是我国著名的书法理论家、书法家洪丕谟先生。洪先生在我印象中，皮肤较黑，不苟言笑，是一位非常严肃的老者，但举手投足都显出一种文雅。先生学书遍临魏、晋、唐、宋诸碑帖，尤倾心于汉魏的古朴和宋人意态；擅多种书体，以行草见长，其作品朴茂多姿，挺秀俊逸，颇多新意。尤其是他的行草，极有笔力，用一位书法评论家的话说，先生行草可杀尽“中山兔”。先生为我们讲授书法时，不仅讲理论和书写方法，更多的是传授对文化的深层含义的理解，有时还亲自带上笔墨纸砚，当堂演示，让我从中悟到很多。

在校时，只知道先生是沪上书法大家，上海南京路上很多店铺招牌，都出自先生之手。殊不知，他对释、道、儒、法学以及古代饮食养生之道均有很深入的研究，是一位中医养生专家。先生在高中一年级那年，被命运安排，因病休学，从师学医，默默度过将近二十年的岐黄生涯，其中也悟到了养生之道。尤其在饮食之道上，洪先生亦有自己的独特见解。他认为保持充沛的精力从事艺术活动，饮食上完全茹素固然不可能，但也应以清淡为宜。工作之余，一次闲逛书店，我看到了先生撰写的一本《中医三百题》，购回细细品味，不仅学到了一些中医的基本常识，而且悟到了心态对身体的重要性。

先生的书屋名曰“汲绠书屋”，又名“瓦雷庵”。“汲绠”两字出自《庄子·至乐》篇：“绠短者不可以汲深。”绠是吊水桶用的绳索，绠短而汲深自然是困难的事，和“瓦雷”取意瓦釜雷鸣一样，都是洪先生自谦自勉之辞。后来，我听登门拜望先生的同学说，先生的“汲绠书屋”内，书籍真可谓汗牛充栋，大得出奇的书桌上，书“峡”高耸。我那时在校，生性内向，又不懂世故，只知道在课堂上请教，不知登门拜望，没有亲聆先生更多教诲，留下的只有终生遗憾。

临近书法理论课程结束的那天，洪先生拿来了笔墨纸砚，说：今天不上课了，主要给大家写几个字作为留念。写什么内容，由你们自己定。当时，学子雀跃，没想到先生这位大家能为我们赠墨宝。到我的时候，先生问写什么，我说，您就写“哭吐精诚”，因为我刚看过一本书，里面有一句话的大意是“哭吐精诚、以成大业”。先生顿了一下说：“我看还是写‘松风山雨’吧。”先生拿起笔、蘸好墨，斗笔一挥，顷刻在两张宣纸上分别写下了四个遒劲的大字：松风、山雨。随后，先生说，没有按你的意思写，我再给你补写一幅。于是他用洪体行草，为我写了唐代张继的《枫桥夜泊》条幅。

离校已经三十多年了，先生也已离开尘世多年，每当我拿出先生赠予的墨宝，欣赏他那瘦硬劲挺、生熟相济、直木曲铁的书法时，我都感受到其内蕴的融通百家的高深悟性和独特的艺术魅力；从书写的内容中，我也体会到先生以出世心态做入世学问的处世境界，于我做人、做事都是莫大的教益。

人生在世，机缘很多，认识洪先生是机遇，受教洪先生更是缘分。我怀念洪丕谟先生。

我爱“明德鱼”

与朱明德先生相识，是一种缘分。那是在 2016 年的秋天，在与一个朋友的交往中，认识了明德先生。

那时，我在皖东的一个城市工作，他和朋友的到来，给我们带来了很多文化方面的交流。明德先生是一位文化人，又是画家；另外一位是一名官员，书法很好。我们一路走来，有书有画作伴，那是一件很快乐惬意的事情。

明德先生在北京很出名，他在党政机关工作多年，而且还担任过北京市社科院、北京市文联的领导，曾帮助门头沟区成功策划爨（cuàn）底下村的开发，为中央电视台《百家讲坛》栏目成功策划阎崇年“清十二帝疑案”大型系统讲座。在他的身上，我看不到一点官员的影子，更多的是文化人的率真直白，与他交流是那么的自然清新、简单明快。

明德先生曾有多年的军旅经历，是一位军旅画家，随后转业到水产部门工作，在水产部门十三年，他每天养鱼、卖鱼、观鱼，鱼成为他亲密的伙伴。这一得天独厚的优势，让他对鱼有一种精细的观察、特殊的感情、独到的感悟。他用简朴单纯的手法画灵动鲜活的群鱼，已形成独特的风格，这些鱼也被喜欢他画的人称为“明德鱼”。

前段时间，明德先生在安徽铜陵举办了个人画展。周末我回铜陵，有幸去参观了一次。走进“明德鱼”展厅，如同进入一个鱼的世界，一尾尾活泼的游鱼扑棱棱在身边搅起涟漪，充满自然清新的生活气息。这些鱼儿红如赤霞，蓝如宝石，或如情侣漫游，或如老友恳谈，或大片游鱼排山倒海直下江湖，《春之曲》《畅游图》《六顺图》……一幅幅作品取法自然，笔墨酣畅，给人亲切欢愉的艺术享受。

明德先生画鱼，无任何技巧的渲染，自然而然，率直轻松，如听轻音乐一样。尺幅方寸之内，展示内心的欢悦；浓抹素描之中，浸润着对真善美的追求；游鱼清涟之间，跳动着人与自然蓬勃相生的韵律，展现出画者对人与自然和谐共处的深刻感悟。那次在安徽凤阳县的一个宾馆，他为朋友展示了画鱼的技法，寥寥几笔，鱼的特性和状态跃然纸上。看他画鱼，如入太极之境。也许是机缘巧合，这让我想到了庄子与惠子游于濠梁（今凤阳境内）的典故：庄子说，“鲦鱼在河水中游得多么悠闲自得，这是鱼的快乐啊。”惠子说：“你又不是鱼，哪里知道鱼是快乐的呢?”庄子说：“你又不是我，怎么知道我不知道鱼儿是快乐的呢?”惠子说：“我不是你，固然就不知道你的想法；你本来就不是鱼，你不知道鱼的快乐，这是完全确定的。”庄子说：“让我们回到最初的话题，你开始问我‘你哪里知道鱼儿的快乐’的话，就说明你很清楚我知道，所以才来问我是从哪里知道的。现在我告诉你，我是在濠水的桥上知道的。”其实，庄子的心中有三条鱼：一条是北冥之鱼，不让物欲迷住眼睛；一条濠梁之鱼，用自己喜欢的方式活着；一条相忘于江湖之鱼，不让爱扼杀了自由。三种鱼，三种人生的境界。明德先生画鱼，知道鱼的快乐自由，确实达到了鱼是我、我即鱼的高度。

我不是文人，但认识几个文化人还是很幸福的。生活中，他们会教你以文人的旷达胸襟对待事物，把复杂的问题简单化；工作上，他们会影响你的性情，用文人济世的情怀鞭策自己，敢于负责，敢于担当；与人交往时，多点文人的率真和浪漫，让你更加率直真诚、更加快乐面对生活。

我爱“明德鱼”，更是崇拜明德先生！

鸡年尤赞王子洲

又是鸡年，我自然而然想到了画鸡国手——王子洲先生。

与子洲兄的认识，得益于一位在省里工作的朋友。他说，有一位安徽籍画家，擅长画鸡，而且性格十分豪爽，可以一交。可不是，这一交往我俩就成了好朋友。

那时，他正在安徽黄山一个区的山村小学支教，我也在皖南的一个城市工作，两地相距不远。一个周末，我欣然前往拜望了子洲兄。他支教的地方山清水秀，两边是青山耸立，中间是带着坡度的田野，在田的边上有一个村庄，几十户人家。这是一个典型的皖南村落，虽然景色优美、空气清新，但要说条件，肯定不能与城市，特别是与大城市相比。他支教的时间是三年，一待就是那么长时间，没有一种信念、没有一种精神，是做不到的。

子洲兄是一个有故事的人。他出生在淮北平原的太和县，家境贫寒。五个月大时生了一场大病，家人都以为他死了，装在篮子里扔上乱坟岗，是他的大娘听到了一声微弱的啼哭，才让他活了下来。七岁时，他又因感冒感染肺炎，持续高烧烧坏了他的耳膜，致使左耳失聪。十二岁，一场怪病又让他双目近乎失明。子洲兄虽然命运多舛，但一直有好心人帮助。一个画年画的民间画匠发现了这个可怜少年的天赋，为他开启了绘画之门；村里小卖部的老板为他积攒烟盒包装当练习画纸；年迈的老画师收他为徒，免费教授他国画，将他引入了国画世界，并以画鸡而独树一帜。

鸡是一种非常平常的动物，也是众人非常熟悉的动物，鸡的谐音为“吉”，寓吉祥如意，且食“五毒”，在我国传统文化中有辟邪的含义。古人多以鸡画张挂于堂，得其“吉利平安”之意。古往今来，一些文人骚客把鸡上升到另一种理论高度，如韩婴在《韩诗外传》中称赞鸡有“五德”：“君不见夫鸡乎！头戴冠者，文也；足搏距者，武也；敌在前敢斗者，勇也；见食相呼者，仁也；守夜不失时者，信也。”在与子洲兄交往中，感到子洲兄对鸡情有独钟，他对鸡的“五德”更是推崇备至。他取鸡的“勇、仁、信”作为人生信条，引鸡为楷模，把画室取名为“三德草堂”以警示自己。以鸡作为画的主角是有理由的，他不仅崇尚鸡的“五德”，而且与鸡的那份感情也是他创作的一个重要因素。子洲兄出生在贫困乡村，自幼便随处可见鸡的影子，那些五彩斑斓的家伙或奔走呼号，或昂首长鸣，或追逐嬉戏，它们的一举一动被子洲兄尽收眼底。几十年的记忆刻骨铭心，在他脑子里形成幅幅生动的画面，呈现给我们的则是一幅又一幅生动的作品：《一声高唱天下红》《谁能与我共傲霜》《春光烂漫》《高冠富贵》……鸡的出身虽然很卑微，但是它有一颗高贵的心灵。人们从它们身上还能学到很多做人做事的道理，正是“耀日红冠苍天赐，铁铸双距与地生；善歌从来不媚俗，长做百姓报晨钟”。

鸡年即将到来的时候，子洲兄来到了琅琊山下，他此行的目的有二：一是到他援建的希望小学去看望他的一批小朋友，二是把他的鸡年专版邮票发行会办好。他说，将把这次邮票义销的所得钱款全部捐给希望小学。是的，多年来他始终把捐资助学作为生活的一部分，用他自己的话说，自己做公益，一半源于感恩，一半为了救赎。从 2002 年开始，他每年将自己卖画所得的三分之二用于助学，他怀着一腔热情，用一支画笔、凭一己之力，在安徽、甘肃、陕西等地资助了一批特困小学生、特困大学生和孤儿，并援建了多所“子洲希望小学”。

正值鸡年，鸡年大吉。我默默地祝愿子洲兄鸡年幸福快乐，更为他的艺术事业和公益事业深情点赞。

一条潜伏在深海的鱼

——董建先生印象

董建，字建之，别署近黟者，祖籍河北任丘，出生在屯溪，应属徽州人。他的头衔很多，是西泠印社社员、中国书法家协会会员、安徽省书法家协会会员、安徽省作家协会会员、安徽省美术家协会会员，曾任黄山印社社长等，因为兼职太多，我就不一一列出。他身高一米七五左右，脸大、头大，长得很厚实，可以用魁梧来形容，是个标准的帅哥。

与董建先生相识时间不长，也就两年多时间吧。在与他交往中，他是那么的淡定、豁达、从容，这是我没有想到的。2018 年初次见面时，他是黄山市美术馆的负责人，也算是一位体制内的人。在第一次交谈中，看到的是他文雅中透出一种桀骜。我想，这大概就是平常所说的文人气吧。成为朋友以后，我一直想为他写点什么，却找不到入口，就连一个好的题目都没有想到。于是，我只有等待，再等待。在 2020 年春节值班期间，我一个人坐在办公室，不知怎么来了灵感，忽然想到鱼，而且是深海的鱼。深海的鱼是非常有特点的：其一，深海鱼的抗压能力强，为适应环境，深海鱼类身体的生理机能已经发生了很大变化；其二，深海鱼适应环境能力强，生活在海洋深处的鱼要在极其暗淡的光线下识别同类，应对危机，获得生存，就必须有着发光的本领；其三，深海鱼的眼睛也非常奇特，能上下左右活动，其眼球的组织结构如同一架望远镜，而且还能自如地调整焦距。

由鱼我想到人，那董建先生不就是一条深海的鱼吗？的确，他是一条鱼，而且是深海的一条鱼。董建先生虽说是中国美术学院毕业的，但我想，他的艺术修养和才华一方面是靠基因遗传，从交流中，隐约知道他的直系和旁系亲属中，有从事绘画艺术的，有从事书法艺术的，有的还是大名头。另一方面是靠自己的悟性和刻苦。他的第一份工作是汽车修理工，后通过自己努力进入中国美术学院。从一名汽车修理工到中国美术最高学府，再成为黄山市美术馆负责人，姑且不论美术馆是什么级别，在一个文化单位干到这样的位置，没有点对艺术的热爱肯定不行，没有真本事肯定不行，何况又是在文气文味很重的徽州地区。他年龄不算大，虽然在去年主动辞去了馆长的职务，但我认为名头还是很大，他有两个含金量高的头衔：一是安徽省非遗传承人；二是西泠印社的社员，特别是西泠印社社员，在安徽也没有几人。他的艺术成就和学术成就，让我想到了“梅花香自苦寒来”的诗句，一个人还是要有一点经历才行，有天赋、有基因是一个方面，更多的还是自己要“抗压”，要历经“苦寒”。一路走来，由认识到熟悉，由熟悉到朋友，我对他有一些真切的感悟：他的视野变得越来越开阔，思维也变得越来越开放，情感也变得越来越细腻。从他的书法中可以读到的是古朴大气，从他的绘画中可以看到随性精致。

应当说，在我的心目中，董建先生是一位有建树的艺术家，他不仅在书法、绘画艺术上独树一帜，而且在篆刻特别是对古代印谱的研究上属名家。早年，他的书法入选全国第六届中青年书法篆刻家展，还获得过第三届中国书法篆刻电视大赛大奖；他的篆刻入选全国第六届书法篆刻展、西泠印社第三届篆刻作品评展。近年，他又潜心研究，出版了《自然与艺术的灵光辉映——西溪南》《陆俨少常用印款》《“黟山派”摇篮——黄村》等专著，有多篇研究篆刻和徽州文化的文章在国内知名的文博刊物上刊载。虽然年龄和我相仿，要说成就我是自叹不如，尤其是他的低调，给人一种藏在深山人不识的感觉。这让我想到：真正的高手，是大隐隐于市的。他是一位有才气的艺术家，沉稳、睿智，有思想、有成果，而且人品极好，不张扬、不显摆，只用自己独到的眼光研究艺术，在艺术的土地上默默耕耘、默默奉献，做自己应该做和热爱的事情。

与董建先生认识后，我关注了他的微信公众号——近黟山房。在他的微信公众号里，隔一段时间就可以看到他的美文，有些文章是研究书画、篆刻的，如《印谱及其他》等，这些文章专业性、学术性都较强，很多都是古文，我理解不了，更看不懂，不敢去做任何评价，但从字里行间我看到了他独特的视角和新颖的观点，读出了他深厚的古文功底和对历史的尊重。其中还有记录生活的文章，如《烟酒茶三事》《读〈荒废集〉而想到的》等，文风极妙，文笔极好，生活气息甚浓。《烟酒茶三事》中谈到喝酒极为到位，他说：“中国人喜欢热闹，此在酒桌上表现得最充分。喝起酒来吆三喝四，猜拳行令，声震屋宇。更有豪杰昂然挺立，当然也有摇晃不定、口齿不清者，一扬脖，满盅酒消失在那‘肉窟窿’中，叉腰瞪眼亮杯底，一副大丈夫视死如归的气概，满座不忘配合，齐喝一声彩，方为圆满。”讲到“烟鬼”，描写更为入神：“比烟枪更甚的是‘烟鬼’，有位烟鬼抽烟是一支接一支，这一支接一支是名副其实地接，他将烟屁股接到新烟上，这样烟一点也不会浪费，甚至连火柴都不用浪费了。”这都是对生活中平常事的感悟，一个人要讲真话不容易，而把真话、真实的感受写出来更不容易。我很喜欢这些文章，如果没有对生活的热爱，没有对细节的透视，没有独到的眼光，没有细腻的情感，又怎么会有这么好的文字呢！

与董建先生相见，大都在酒桌上。我期望他不要把我看成酒肉朋友。如果是那样，一篇《酒肉朋友》的文章会在他“近黟山房”发表，我看了以后会脸红的。两年多的交往，时间不长也不短，把董建先生比喻为一条深海的鱼，不知他高兴不高兴。既然写了，我就不随他了。

我认识的鹏飞先生

2011 年，我在铜陵工作，与鹏飞先生见过一面，那时他与画鸡名家王子洲先生一同路过。子洲先生宅心仁厚，是一位了不起的慈善画家。子洲先生与鹏飞先生交情笃深，可见鹏飞先生同样是一位醇和厚道之人。一面之交肯定没有什么深的交流，我们之间仅仅留下了一个手机号码，但不知是什么原因，在临别之时，他主动送我一幅字，印象中是他最拿手的隶书。后来有位同事到我办公室，看到这幅字欣赏得不得了，乃夺我所爱，把字拿走，让我心痛了很长时间，自感对不起鹏飞先生的一份心意。

2017 年，我交流到黄山工作，刚到徽州，没有什么熟人，自然想到了在黄山书画院当院长的鹏飞先生。我以为黄山书画院在屯溪，在闲暇之余，打电话给他相约见面，哪知道他的工作和居住地点在黄山区，到屯溪需要乘车一个多小时。黄山有黄山市、黄山区、黄山风景区，初到黄山的人极易搞混，这就是外来人经常闹出“此黄山非彼黄山”的笑话。后来，我知道他是市人大代表，经常要到屯溪开会，我们见面的机会自然多了。

鹏飞先生在黄山很有名，他担任过黄山市书协的副主席，现在更牛气，已经是安徽省书协副主席。他能有这样的成就，不是睡了一觉就得到的，应当说得益于他的人生历练和对书法的痴迷，得益于他的天生禀赋和好的悟性。鹏飞先生在大学期间就苦练书法，在高校内很有影响，小楷端庄，行草严谨，篆隶奔放，拥有一大批爱好书法的校园粉丝。大学毕业后，他在黄山脚下的一座乡村小学执教十一年，仍潜心于书道。后又停薪留职去天津攻读他所喜爱的书法专业。一路走来，他在书坛渐入佳境，大名和作品频见报刊，屡次在中国书协主办的各类展览中获奖，让书坛大家名流都为之吃惊。鹏飞先生对行、草、隶、篆无一不精，尤其是一手朴健的隶书，应属他最大的成就。他的隶书已蜚声书坛，书法作品体势优美，节奏欢快，浓淡有致；点画线条简帛体态，行草意象，取法高远；尤其在技法上娴熟自然，遒劲厚重，静穆豪迈，动静自如；谋篇布局更是极有韵致。欣赏他的作品，既让你感受到现实的美感，又引导你神游千古。

我不是书法家，对书法仅知道一二，但只要看到好的作品，我还是非常喜欢的。我很欣赏鹏飞先生的书法，他的书法作品着实给人以美的享受。我特别佩服从事艺术尤其是书画艺术的人，他们都有天赋，而这种天赋有的是天生的，有的是自然馈赠的。鹏飞先生的书法让我想到了徽州文化，想到了神奇黄山。一方水土养一方人，鹏飞先生生于黄山脚下，黄山无与伦比的天然境界赐予了他艺术灵感，他的笔下无不展现奇松的端庄、怪石的诡异、云海的飘逸、温泉的舒畅、冬雪的冷峻。吴雪先生曾评论他说：年少有成，追秦汉，镂金石，朴拙，大气，溯古求源，推陈出新。吴雪先生是安徽的书法大家，能给出这样的评价是不容易的事情。

鹏飞先生个头不高，但很敦实，给人一种很安全的感觉。他一头短发，天庭饱满，显得脑门很大、很亮，透出的是一脸的智慧和勤奋。他话不多，说话轻言细语，有时候还有点腼腆，散发浓浓的书卷气。鹏飞先生大学期间学习的是历史，这恰恰为他的书法之路做了学养铺垫；他的隶书神追古人，又融合当代的气息，运笔节奏欢快，悠然自得，也是很自然的事情。他是一位十分认真和勤奋的书家，对书画艺术的追求用心、用情。听他自己说，在准备“‘黄山三友’书画展”时，他想创作一幅大字隶书作品，这种“大”不仅要尺幅大，更应展示隶书之博大。他耗费了极大的心力，花了一周时间做临帖准备，然后细心揣摩再动笔，一幅“卧游五岳，坐拥百城”的联语终于出炉。对于这幅精心打磨的作品，他自己很谦虚，说只能打八十分。承蒙他的邀请，我去参观了“‘黄山三友’书画展”，这幅四平方米八字隶书斗方大作品，尽显豪迈恢宏之气魄，恬静悠远之意境，大气而不霸气。

与鹏飞先生相识是一种缘分。鹏飞先生是书法家，也是文化人。我喜欢与鹏飞这样的文化人交往，与他成为朋友。也许有人说，那是附庸风雅。我认为，真正文化人的称谓不是那么容易获得的。与鹏飞先生的交流，我看到的是一种性格，读到的是一种悟性，感悟更多的是大气、平静、洒脱。这种智慧和气场，不是一般人能有的。与鹏飞先生成为朋友，怎么不快

风雪夜归人

乐呢！

庚子年春节后，因为遵循疫情防控的规制，与鹏飞先生没有见面。但从他的微信朋友圈可以看到，他的确很忙，正在组织黄山书画院的书画抗疫活动，同时还参与了全国“防控疫情，万众一心”主题书法网络展。在全国书法展中，他的一幅隶书赫然在列：在打赢疫情防控阻击战场上，点燃起生命之光，用祥和温暖恐怖，用生命呵护生命，用爱洒满这个世界！我姑且称之为《抗疫帖》。此书帖没有引用名人名言，更无豪言壮语，看到的是他从内心流淌出来的真情真意，是一位艺术家真正的家国情怀。

鹏飞先生还很年轻，书法之路还很长。作为朋友，我再送他两句话：海阔凭鱼跃，天高任鹏飞。希望他在书法的天空中越飞越高。

皖河边上那棵树

我的家乡在皖河边的湖成平原上。不知道什么原因，这里的树五花八门，有柳树、槐树、杨树，还有一些叫不出名字的杂木。这些树不是成群生长，而是东一棵、西一棵地伫立田头路边，显得那么的卓尔不群，又是那么的淡泊静然，没有雕琢、没有排列，看上去非常的自然清新。

故乡的人好比那些树，或似柳，或同槐，或如杨，还有的犹如杂木，看似平凡无奇，却都显得很有性格。你，我的高中同学，一位受人尊重的大哥，特别像家乡的一棵槐树！2018年5月的一天，你倒下，永远都不可能站起来了。

2018年5月4日早晨，我还没上班，突接老家同学的电话，说你因为车祸受伤，已经住进了安庆市立医院。听到这话，我以为大不了是伤了胳膊或是腿，不会有大问题。但随后的信息传来，很不乐观，说你主要是伤了头部，而且一直处在昏迷状态。5月6日是周末，一大早，我从铜陵匆匆赶到安庆。在医院，你一直在重症监护室，我看不到你。你可知道，在外面你的亲人是多么的痛苦和焦急，你的妻子多日没有合眼，你的一双儿女一直守护在门外，还有你的一群亲属都是耷拉着头，一个个显得那么的无能为力，只能给你默默祝福。我看不得这样的场景，简单了解情况，安慰几句，在朋友的陪同下，含着眼泪离开了那个凄惨的地方。

回来上班的几天，我几乎是天天打电话给老家同学，问你的情况，但得到的都不是好消息。你的病情日益严重，在你临走的前一天，你的妻子打电话找我，叫我一定要找上海的医生救救你。我立即与上海的医生进行了联系，上海的医生不仅是同乡，也是很熟悉的朋友。他的说法让我知道你的伤情已经无力回天。我在大学学过法医，知道大脑受外力冲击形成对冲伤的后果。这些情况，我没有告诉你的妻子，也不知道怎么来说，我知道你的妻子无法接受回天乏术的结果。在抢救一周时间后，你还是丢下你的妻儿，丢下你的朋友，没有留下一句话就走了。在殡仪馆，我见了你最后一面。你躺在玻璃棺中，头上包着纱布，像是一位受伤的战士；你的脸还是那么白净，面容出奇的平静，看不出一丝忧愁。看到你静静地躺在那里，我不相信这是真的，希望这是一场梦。但现实是那么残酷，我亲爱的老兄，我真挚的同学，你永远地离开了我们。那么多的同学都来看你，为你送行。说到你的过去，谈到你的为人，无不唏嘘。我也情难自禁，想到了以前的点点滴滴。

我与你是高中同学，同学时间很短，只有一年，但我们之间的感情很深。在这一年时间里，我们基本是朝夕相处。因为我们同住在学校后面一个亲戚的家里，早上同去上学，晚上自习后一起回来。我们不仅是同学、同班，而且是在同一房间里生活、同一张床上睡觉。你年龄比我大几岁，像一位大哥哥一样理解我、关心我、包容我。你家在老县城，家庭条件比较好，每个周末带来的好菜，都是我们在一起分享。你的时髦衣服，我也经常套在身上，穿到校园里满足一下自己的虚荣心。记得一天早上，你还在睡觉，因为你晚上看书太迟，我就没有叫醒你。洗漱之后，我匆忙拿起书本往学校赶，习惯性地把房间的门扣上。当我中午回到房间的时候，看到你坐在房间的桌旁，静静地看书。我才知道坏了大事，因为我的失误，让你关了一上午“禁闭”。你没有责怪我，而是微笑着说，今天上午好好睡了一觉，真不错！以后，我们还经常说起这件事，算是为我们枯燥的读书生活增添了一点暖色。

你的朋友不少，要好的同学更是很多。在我当时看来，你是一位包容一切的人，有无个性、成绩好坏都不是你交友的标准，但人一定要实在，大家都愿意把你当成兄长，都喜欢与你成为朋友，这是你的过人之处。高中时代，我的性格很内向，不愿与人交往，更没有什么朋友，我后来认识的一些朋友和同学，大多是因为你的引介。你工作以后，我还在学校。一天下午，我放学后到你工作的诊所散心，看到已有三四个以前的同学在你那里吹牛。你说，马上要下班了，大家不要走，今天就在诊所喝酒。应当说，那几位同学都是海量，属于大碗喝酒、大口吃肉的主。虽然酒一般，菜也是从饭店里端来的，但看到大家的那种喝酒的豪情、激情，我也体会到你的为人。你刚刚工作，工资不是很高，但朋友来了有美酒，而且要让朋友喝得尽兴。这是我第一次喝白酒，印象非常深刻。

我大学毕业外出工作后，每年要回老家看望父母，第一站都是到你家，或是到你的诊所。到你家里，如同到了自己的家中，如果赶上吃饭，你都要吩咐你的妻子加几个菜，我们在一起小酌几杯，说说往事，聊聊现状。有时到你诊所，看到你很忙，我们见个面，打声招呼就心满意足。2017 年春节，我回家过年经过你的诊所，走进去没有看到你，我与你电话联系才知道你已经出远门，到南京与你女儿一家团聚。当时，我是带着遗憾离开的，总感到有一件事情没有完成。你虽然没有走进大学的校门，但你非常睿智，看待问题有自己的观点和思考。每次我带着工作和生活中的烦恼或疑问找到你，你都像亲兄长一样帮我分析，帮我疏导，那些非常实用的办法让我渡过了一个又一个难关。你走了，我失去了一位知心的好兄长，只感到：欲将心事付瑶琴，知音少，弦断有谁听？

你是一个幸福的人，有一个幸福的家庭和贤惠的妻子，有一双非常争气的儿女。在老家的同学谈到你，都说你这辈子很快活，家务事你不用干，过的是饭来张口、衣来伸手的日子。你的女儿大学毕业工作多年，工作稳定，而且已经结婚生子，你年龄不大就当上了外公；你的儿子在国外留学，虽然没有就业，但凭你儿子的智慧，肯定会有出息。你的英年早逝，留给家庭的是悲戚和痛苦，留给我们的是遗憾和怀念。

夏日，正是槐树茂盛的时节，你却轰然倒下，倒在生你养你的皖河之滨。你的全部生命力、正能量历经五十七个春秋而沉重地画上了句号。你的为人如同槐树枝上那翠绿的叶子，映着火辣辣的阳光，闪闪发光；你的个性如同那密叶之间点缀着的雪白小花，光艳辉映，魅力无穷。但你倒下了，真的倒下了，倒下的身躯仿佛罩上了一层淡淡的白云。

在殡仪馆与你告别时，正是黄昏时分。一阵晚风吹来，我打了一个寒战。茫然四顾，山是静默的，人是静默的，即使思绪把往事拉长，恍惚之间缠绕的都是悲戚：黄昏独立灵堂前，满地槐花满地烟。谁知生死别离苦，个中肠断无人言。

老兄，愿你安息，愿你在天堂安好！

感怀逝去的两位法律人

在很短的时间里，有两位法律界的同行先后离去，再也见不到了。一位是上海高院的副院长邹碧华同志，一位是国家电网的法律总顾问任寰同志。两位的年龄都不大，都是 50 岁左右，可谓英年早逝，让人心酸。

关于任寰同志，我是认识并见过面的。与任寰认识是在 2013 年，我参加在北京举办的新任法院院长培训班，几个老乡在一起，任寰同志也在其列，交流了两次，就很熟悉。虽然后来没有联系，但在仅有的两次交流中，他就给我留下了非常好的印象。他在安徽的一个城市担任过中级人民法院的院长，在与一些法院老同志的交流中，我们也会谈到他，感觉最深的有两点：一是做人好，二是学识好。这个评价与最高人民法院第二巡回法庭庭长胡云腾的说法一致：任寰是一位事业心很强、工作能力很强、工作态度认真的人，是一位非常忠厚老实、严谨细致的人，他待人平等真诚，乐于助人、乐于交友，在处理人际关系上总为别人着想，不愿给别人添麻烦。他是一个非常正派讲原则的人，家国情怀很重，没有低级趣味。用这样一段话来评价一位法律人，我认为是很高的！

斯人已去，心里不是滋味。在他去世后，微信上有很多怀念他的文章，写这些文章的人基本上是法院系统的。在得知他去世的消息后，我也撰写了一首小诗：忆昔京华时，任公竞豪情；今闻公仙去，长叹泪满襟；天妒我英才，法苑失真人；我辈事还在，何处能安心。这首诗是出于自然、流于心里的，一方面是对任寰同志的纪念，另一方面也是对他为人、干事和学识的赞许。

对于碧华同志，先前我们之间没有交往，即使到了法院系统后，也没有看到过他的文章。知道这个人，是我到上海学习考察后。因为当时他还健在，所以没有引起我太多的注意，后来我看了他的几篇遗作，还是想说几句。

2014 年的秋天，我们到上海学习司法改革的经验和做法，在与上海二中院的领导交流的时候，有位副院长谈到了邹碧华同志，说到他为上海司法改革付出了很多的辛劳，那时还没有说他是司法改革的“掌灯人”。我想，司法改革在中国没有什么可以参考的，即使是学习国外的做法，也可能水土不服，何况是改革试点，让一个学者型的领导牵头，更让人感到难度之大。能领下这个任务的人，一定是一位敢于担当、敢于啃“硬骨头”的人。应当说，这是我对邹碧华的第一印象。

前段时间，有一个法官和我谈心。他说，我对律师的观点与邹碧华很相似。我说为什么。他说，近期《人民法院报》有邹的一篇文章，名为《法官和律师之间的“四个相互”》，你可以看看。我找到了那天的报纸，的确有他的这篇文章。在谈到法官与律师关系时，他说，定位好法官与律师之间的关系特别重要，相互对立、相互诋毁、相互勾结、违法违纪，这都是不正常的关系。他又提出，我们不应该朝这个方向发展，而应该走向一个正常的关系，就是相互独立、相互配合、相互尊重、相互学习。看到这个观点，我还是肯定的，大有惺惺惜惺惺的感觉。因为，在没有看到这篇文章前，我在一次与律师的座谈会上也谈到了同样的观点。从他这篇小文章中，可以看出，他不仅是一个法官，而且是一个有情感、会思考的法官，而且是从职业共同体的角度来思考，实在是难得。

后来，我在《人民法院报》上又看到了他的一篇小文，名为“我们为什么活着”。我最欣赏他文章中的一句话：生活中无小事，把每一件简单的事做好就是不简单，把每一件平凡的事做好就是不平凡，对小事情的心态可以折射出我们的综合素质。与其浑浑噩噩地浪费时间，不如从你经手的每一件小事中得到成长。我们为什么活着？活着就是为了改变世界。人很渺小，一个人很难改变世界。如果每一个人都是在干轰轰烈烈的大事，那么一些微不足道的小事又让谁来干呢？其实，法官这个职业就是干小事的职业，很多还是处理一些家长里短、鸡毛蒜皮的纠纷，如果没有好的心态，没有一种敬业精神，法官就连小事也办不好，那我们的法官又如何成长，又如何能把职业当作事业干。集腋成裘，积沙成塔，小事其实不小，而正是认真处理这些小事，我们的法官才筑起了中国法治建设的大厦。这也是我对邹碧华思考人生境界的一种理解吧！与邹碧华同志没有交往，而且都是从字面上知道他的一些事情，所以要想谈更多的就很难，有些东西还不可能说得准确，但他作为最高人民法院树立的模范，我想肯定没有错！

人生苦短，每一名法官不会都成为邹碧华、任寰，我们希望法官们都有他俩的那种境界，但不希望像他俩那样的英年早逝。虽然邹碧华、任寰的人生只有五十个春秋左右，但他们的思考方式、人生情怀、从业态度，还是给我们留下了启示：人无论从事什么职业，总是要干点事的，总是要思考点问题的；我们不仅要崇尚自己的职业，而且要把职业当作事业做，用心、用力、用情把它干好。

朋友阿贵

阿贵的名气很大，他是一名作家，而且是中国作家协会会员，安徽省作家协会签约作家。初次见他的时候，看着他五大三粗的样子，我怎么也没有把他与作家联系在一起。直到拜读他的第一本小说集《寻找安娜》后，才转变了我的观念，他是一名作家，而且是很有深度、很有思想的作家。

小城不大，能出几个作家是很不容易的事，要出像阿贵这样的名作家更是难上加难。作为一个凡夫俗子，与作家交上朋友，不仅是一件很有面子的事情，更有意义的是，他给人在冗沉烦琐的事务之余觅得一方精神的乐土，享受一下清静雅逸、安闲自适的生活情趣。君子之交淡如水，我与阿贵的交往就属这种。虽同处一城，但一年见不到几次面，即使见面也只是互问一声好，即匆匆离去。但阿贵每每能在不见面中给人带来许多的惊喜，在报纸上能经常看到他的精美散文，在大型文学期刊上能读到他新的小说，有时还能收到他的小说集。能在耗精费力的忙碌中欣赏到这些精神上品，的确是一种心灵上的至高享受。读他的作品，如同品茶，越到后来回味越甘醇，慢慢地不仅喜欢读他的作品，更喜欢他这个人。

文如其人，这四个字用到他身上恰如其分。拜读他的小说和其他文章，我惊叹他思维的敏捷、视野的开阔和对文字的驾驭能力，尤其是对现代城市生活和人的心理描写和叙述，可以说是鞭辟入里、入木三分，这是任何一个不热爱生活的人难以做到的。他的小说体现了一种豁达、一种精神，更反映了对城市生活状态的一种忧虑和思考。但反过来说，人如其文，阿贵为人大气，虽然也是从事办公室工作的，而且是领导工作，他没有一般所谓文化人的迂腐，更没有一些官员的架子。这正如其为文一样，境界高迈辽远，情感坦率真诚，胸襟旷达开阔。繁忙的工作之余，他能静心笔耕，精品不断见于报刊之上，在这种浮躁的年代是不多见的。

作家是发掘城市文化之眼，任何一名有思想的作家对他居住的城市文化不仅仅是原生态的再现，更多的是一种忧虑和思考。阿贵不但进行了一番思考，而且付诸行动。在一次聚会上，他说正在研究大通。大通是小城的一个集镇，在历史上名气很大，也很繁华，有“小上海”之誉。应当说，大通的历史积淀很深厚。对于不是土生土长的人，要想去挖掘古镇的历史是一件很难的事。阿贵是后来移居到这座城市的，但他有一种灵气，用心去感悟生活中的一切。他说，“大通”这个词很不一般，最早出自《老子》，主要是用于评价精神境界十分高尚的圣人。《淮南子·诠言训》曰：“圣人无屈奇之服，无诡异之行，服不视，行不观，通而不华，穷而不慑，荣而不显，隐而不穷，异而不见怪，容而与众同，无以名之，此之谓大通。”但把“大通”一词用于地名，在全国不多。他的理解，通者，直也。大直则必曲，这里的故事肯定值得一写。足见阿贵对道家理论的神悟。相信，时间不长，他取名“大通”的小说将会在我的案头，让我对这座城市的文化又多一份了解。

年前，我收到他新出版的小说集《遭遇城市》，这是他对城市生活的新的剖析。虽杂事很多，白天没有闲暇，但每到夜深人静的时候，我捧着他的小说集，即使两手冻得生冷，我仍能细细地品味、一篇一篇地拜读。夜读之余，我望着满天的繁星，心里默默地祈祷：阿贵，祝你一路写好。

你，永远是我生命中那束最美的阳光

我们从相识、相恋到相守，已过了三十多年。过去的三十多年，是我们人生中一段最热烈的相守，是我们生命中一段最难忘的历程。三十多年，我从县里到市里，从单人世界、两人世界到三人世界，我们见证了由萌动到理性的嬗变，经历了为生活而拼搏的艰辛，体验了因责任必担当的执着。如今，当我再次轻轻地拂去记忆的尘埃，努力捕捉那虽已逝去但又历历在目的一个个精彩瞬间，不禁又闻到了丝丝淡雅的幽香，感受了几许心脉的驿动。

我们携手走过的这三十多年，既有过快乐的惬意，也有过烦恼的郁闷；既有过山穷水尽的无奈，也有过柳暗花明的欣喜。我们的相识是机缘的巧合。那是一个偶然的机会，上天把你送到了我的面前。当时，我在江南山城实习，你在政府工商部门上班，在一个上班的早上，我在工商局的门口遇到了你，虽然我们并不相识，但那一见钟情的感觉瞬间即生。虽然后来朋友们把我们的相识演绎成多种版本，但那一次偶遇是我们爱情之剧真正的序幕。

实习完毕，我没有留在山城，而是回到了我出生的小县城。两地的分隔，让我们的相恋变成了思念与甜蜜的“煎熬”。当时，很多同事和朋友跟我说，一个在市里，一个在县里，这种爱情肯定要“黄掉”；再加上你家庭的反对，更让我们的爱情雪上加霜。但你是一位专情的女子，不顾世俗的偏见和家庭的反对，仍然义无反顾与我履行了结婚法律手续。婚礼的仪式也是那么的简单，没有鲜花，没有掌声，没有你的亲人祝福。作为一个柔弱的女性，那又需要多大的决心和勇气！

婚后的头两年，我们两地分居，一江相隔，两地相思。一个电话、一封书信、一次探亲，我们总能感觉这是属于我们自己的，都是一个酿造甜蜜的过程。这期间，我们虽不能时刻相守，却彼此心灵相通；虽爱得单纯，却感到十分幸福。相守的责任与梦想始终交织在一起。在儿子出生后，我调回到了山城，从此我们朝夕相处，开始为生活而奔波，为家庭而奋斗和拼搏。我们褪去了萌动的心态，增加了理性的厚重，这是生命与爱情的升华。日子虽然平淡，却很充实；生活尽管简单，但很真切。

三十多年中，我们尝遍了苦辣酸甜，品尽了人生百味，而今再度开启，不觉又别有一番滋味涌上心头。我，一个农家子弟，无才无貌，无钱无势，能走到今天的这个模样，你厥功至伟。在我最困惑的时候，是你的宽慰让我坚定了胜利的信心；在我最无助的时候，是你的鼓励让我拥有了前进的勇气；在我最繁忙的时候，是你的支持让我缓解了工作的压力；在我最劳心的时候，是你的理解让我感受到了家庭的温馨。

三十多年来，我一直在为自己的工作打拼，为自己的事业奋斗，始终无暇顾及家庭，照顾你和小儿。是你在我的身后为我默默地撑起了这一片天空，勇敢地承担了这一份责任。家里的一摊子事，全都落在你身上。我们的饮食起居，你考虑得细心周到，我成了“油瓶倒了都不扶的人”。要知道，你的支持就是我前进的动力，你的理解就是我坚强的后盾。三十多年，因为工作的性质，我尽到的家庭职责太少，你受到的委屈太多；三十多年，你得到的太少，付出的太多。三十多年青春，人生最美好的时光，生命中最灿烂的季节，你却在为我奉献中任凭韶华流逝。我知道你是一个很要强的人，其实你也曾有自己的梦想，也曾有自己的追求和机会，但为了我，你把一切都深埋心底，默默地收起了自己的心思，坚毅地站在了我的身旁。也许，当初你没有选择我，你会过得更美好，你会活得更精彩。说心里话，我一直深感内疚，充满愧意。

三十多年的风雨，让我知道了阳光的妩媚；三十多年的坎坷，让我懂得了生活的艰辛；三十多年的磨砺，使我学会了坚强；三十多年的积淀，使我走向了成熟。这三十多年，是一个开始，也是一种铺垫；是一种积淀，也是一种升华。在我们生命的历程中，还有诸多的三十多年需要我们携手前行，一起开拓。三十多年的情愫，我会倍加珍惜；三十多年的经验，我们会共同坚守。夫妻之间，最重要的是宽容。宽容，体现一种心境，反映一种品德。金无足赤，人无完人，每个人都有缺点，每个人都有不足。但夫妻毕竟不同于别人，长相厮守，共同生活。在相知、相爱中，我们感悟到，学会宽容，懂得大度，既然彼此选择了对方，就要善于欣赏对方的优点，更要勇于包容对方的缺点。这样，心理才会平衡，生活才会舒畅。夫妻之间，还需要克制。我是一个脾气不好的人，但每次你都能原谅我。到了“奔六”这个年龄，我知道日常生活中，鸡毛蒜皮的事情很多，磕磕绊绊的时候不少，我也学会了克制自己，不让你难受。我更明白，重压之下，冲动之时，人的意志往往就会模糊，也许一个不经意间的气话、一个任性的动作，给人的伤害是巨大的，对人的打击是沉重的。如果造成了恶果，那就追悔莫及，覆水难收了。夫妻之间，交流很重要。交流，是一种情感的催化剂和润滑油。交流的前提是理解与尊重，交流的核心是坦诚与平等。在磨砺中，我们懂得了如何消除误解、达成共识，如何增进了解、升华感情，如何遇事多商量、有事多通气。生活告诉我们，两个人的力量总比一个人大，两个人的智慧总比一个人高。

记得一首歌，叫《想和你一起慢慢变老》：“不管岁月多寂寥，世事变换了多少，只要我们真心拥抱；想和你一起慢慢变老，我的心事只让你知道。无论相盼在天涯，还是遥远的海角，但求一个永远就好。”回首走过的三十多年，我只想告诉你，遇到你是我们一生一世的缘：你永远是我的幸福，你永远是我生命中那一束最美的阳光。

那是一个甜蜜酿造的过程

两个人结婚建立家庭，住在一起，从此朝夕相处，这是多数人对婚姻的理解。但在现实生活中，由于工作性质、工作地点变更，许多夫妻不得不长期两地分居。二十多年前，我与妻子就经历过这种生活。

1989 年大学毕业后，我分配到家乡的一座小县城工作，而妻子在长江边上的一个山城上班，我们成为分居族。在 20 世纪 80 年代，交通、通信都不是很便利，有情人如果分居两地，要想见面、要想联系，都是很费力的事。见面，要乘车、乘船，即使是很短的路程，也要几个小时，长的需要十几个、几十个小时；联系的方式很少，大都是通过信件，叫鸿雁传书；条件好的就通过电话，但那时有电话的不多，能通过电话联系更是一种奢侈了。

探亲，对于那时的我来说，是正事，也是大事。虽然在一个省，但从我们小县城到妻子居住的城市要车船转乘两次。只要到了第二个周末，我就背起装着几件换洗衣服的小包，开始了两周一次的美好行程。那时的交通很不便利，一次探亲，在路上就要花五个多小时。从我工作的县城出发，先坐周五末班车，颠簸一个多小时到宜城的长途汽车站，到达后，马上就要往长江边上的码头赶，只期赶上最近时间的轮船。排队、买票、等候……终于到上船的时间，还是要接着排队。因为航程短，也为了节约，我只买末等舱票。到上船的时候，已是华灯初上，站在船边的过道上，看着长江两边的夜景，看着岸上时隐时现的灯火，想着在江城的妻子：她可下班了，下班后在干什么？此时，所有的焦躁、无奈、疲乏，都随流逝的江水抛置脑后。船的航行速度很慢，到达江城是晚上十点多钟。江城的码头离城区还要乘坐半个小时的公交车，回到租住的小屋已经是半夜了。那时没有手机，妻子知道我要回来，也就一直等着我这个夜归人。

通电话也是我们的一种联系方式。那时通信条件差，只能通过电话，而且电话还是手摇的，要通过接线员中转。即使连线通了，接电话的也不一定是妻子，还要请接电话的同事帮助喊一声，妻子在单位还好，如不在的话还要谢谢接电话的同志，请他转达一下问候。一次还好，次数多了就成为妻子单位茶余饭后的“笑料”了。通过电话联系虽然方便，但因为麻烦他人，又会造成一些“不良”的影响，所以，妻子规定只能一周一次，并把通电话的时间约好，那只有让妻子在电话的那头等候了。后来我问妻子，你可烦等电话。她说，哪里烦啊，其实那是一种幸福的等候，生怕接不到电话。是啊，等候是一种牵挂，也是一种念想。

两年的分居，我们写了一百多封信。前几年，在搬家的时候，我们夫妻整理旧物件，“两地书”有一皮箱。一个人居住在小城，虽有一些同学交往，但不可能天天在一起，特别是在夜晚，面对青灯，那真是一处相思，两处闲愁，所有的思念只能通过笔和纸来表达，简单却不枯燥。妻子也经常给我写信，内容大都是让我要敬业工作，其意思我是明白的，就是要我不要太烦心，安心干好工作。每次收到妻子的信，我都先放在鼻尖上闻一下，仿佛要吸走她留在上面的味道。看信的时候，常常被妻子质朴的语言打动，字里行间虽很难找到“我爱你”之类肉麻的字眼，却流露出她对我的爱是那么的质朴纯真。写信是一种心情的放松，等信是一种心中的期盼。我常在租住的楼上，望着天上的一轮明月感叹：云中谁寄锦书来？雁字回时，月满西楼。其中滋味，谁能体会？

二十多年后，我因工作需要，调到皖东法院工作。虽然现在的交通便利了，有了高铁、高速公路，通信也发达了，有电话、手机，但在聚少离多的日子里，依然会感觉到淡淡的寂寞，更多的还是担心、挂念。

世上千百事，唯有相思苦。回想当年，现又置身其中，我深深感悟到：等相见、等信件、等电话，都是甜蜜酿造的过程。爱，或许就是在这无尽的等待、无尽的期盼中得到升华的吧！

欧阳修与琅琊诗意

对欧阳修还是熟悉的，当然是因为他写了“醉翁之意不在酒，在乎山水之间也”的佳句；对琅琊山也是熟悉的，因为学过《醉翁亭记》。那时在中学学习压力大，家庭经济拮据，没有到琅琊山去看看的想法，只从那篇古文中，读出了朗朗上口的佳句和琅琊山景色的优美。

到滁州工作后，闲暇的时候喜欢到琅琊山去散步。行走在琅琊古道，静坐在醉翁亭中，我真切感悟到人托山水而寄情、山水因人而增色的情境，也明白人与文的确是相辅相成的玄妙。有人说，琅琊成就了欧阳修，他写下千古名篇《醉翁亭记》，更奠定了他“以文章道德为一世学者宗师”的文学地位，也昭示了他的人生进入了一个新境界；也有人说，欧阳修成全了琅琊，他从文学和建筑等层面重新构建了琅琊山，客观渲染了琅琊山的知名度和历史地位。欧阳修对琅琊山的影响，可以说是前无古人，后无来者。但我认为，无论是谁成就了谁，那都是一个历史的机缘，让欧阳修与琅琊山融合在一起，形成了琅琊文化的一个整体，更丰富了琅琊的诗意和人文内涵。

犹如一场艳遇，欧阳修与琅琊山一见钟情！虽然是遭贬，心情郁闷，但那情人眼里出西施的激情，催生了“醉翁之意不在酒，在乎山水之间也”的浪漫。诗人观物、观景、观事有其特别之处。慢慢地，欧阳修对滁州的环境渐渐熟悉起来。放情林木，恣意山水，琅琊山的一泉、一洞、一溪，都留下了他的足迹；一树、一花、一草，都倾注了他的感情。他被琅琊山独有的秀丽景色迷醉，在滁州任职两年多的时间里，他常登此山饮酒赋诗，寄情山水，借景抒情，感怀时世，妙文连出，其中最著名的当属《丰乐亭记》和《醉翁亭记》。

当年初夏某日，欧阳修在官邸邀请一批聊得来的僚属吃新茶、品新诗。煮茶自然要好的泉水，他叫仆人到琅琊山边的酿泉取水煮茶。仆人取得水，不慎在途中泼洒掉，回去再取时间已来不及，仆人只好灌了些路边泉水回去应命。欧阳修尝了一口，就知道这不是酿泉之水，可这水更是甘醇甜洌，别有佳味，就问水从何处取来，仆人据实以告。于是，欧阳修叫仆人带路寻找，这一找，不但找到一泓流泉，找到了丰山下一片竹木葱茏的幽谷，而且还探寻到岭崖环抱中的泉源。欧阳修发现了幽谷泉后，他令人在丰山的脚下疏泉凿石，建筑一个亭子，还取个好名字——丰乐亭，很自然地带出一篇好文章——《丰乐亭记》。“丰乐”二字由他这篇文章“上则丰山，耸然而特立；下则幽谷，窈然而深藏”，“顾而乐之”引出，再发展到“幸其民乐其岁物之丰成，而喜与予游也。因为本其山川，道其风俗之美，使民知所以安此丰年之乐者”。文章精妙就在于化“乐山水之胜”为“乐年之丰、乐民之安”。

欧阳修到滁州履职时间不长，就与琅琊古刹住持僧智仙成了好朋友。一天，在琅琊山的酿泉上，欧阳修同智仙和尚对弈，棋盘是一块巨大的石头。观战的人围了一圈，突然间都被大雨淋了个透。观战的樵夫快言快语，笑言可在此建个亭阁。欧阳修对智仙说：“民意不可违，你就筹资建个亭吧。”亭子建成，一时无名称。这天欧阳修在此宴请宾客，已有八分醉意，颤颤悠悠，且自称“醉翁”。欧阳修吩咐随从拿来文房四宝，即兴在亭中一挥而就“醉翁亭”匾。尔后以亭为名，撰写《醉翁亭记》这一千古名篇。《醉翁亭记》初稿写好后，欧阳修请人把文章抄贴在滁城六大门楼，恳请民众帮助修改。看到文稿，一位樵夫赶来建言：“开头这山那山有点啰唆，虽然写了不少山名，但仍有许多山头被丢了。”欧阳修拿来大笔一划，开头一段全部删掉，添上“环滁皆山也”五个大字，言简意赅，山山都有。就这样，中国文学史上不可多得的散文名篇诞生了。醉翁亭与丰乐亭成为姊妹亭，《丰乐亭记》也有了姊妹篇《醉翁亭记》。然而，后者的影响远远超过前者。据史书《曲洧旧闻》记载：“《醉翁亭记》初成，天下莫不传诵，家至户到，当时为之纸贵。”

欧阳修所写琅琊的诗文，对琅琊山水之美作了极其生动、实在的描绘，其中倾注了他对琅琊山的真情和实爱。在《醉翁亭记》中写琅琊山，以“林壑尤美”“蔚然深秀”概括，同时以简练的笔触写出了琅琊山早晚和四时的景色：“若夫日出而林霏开，云归而岩穴暝，晦明变化者，山间之朝暮也。野芳发而幽香，佳木秀而繁阴，风霜高洁，水清而石出者，山间之四时也。”他在《丰乐亭记》中则写道：“风霜冰雪，刻露清秀，四时之景，无不可爱。”他的许多诗，写景寄情，语言精美，读后令人留恋、令人向往。如他在《题滁州醉翁亭》中写道：“但爱亭下水，来从乱峰间。声如自空落，泻向两檐前。流入岩下溪，幽泉助涓涓。响不乱人语，其清非管弦。”真是美不胜收！后人在醉翁亭不远处建了听泉亭，让人们感悟这美好的诗意。又如他的《琅琊六题》，对琅琊山归云洞、琅琊溪、庶子泉等各个景点都作了生动的描绘。虽然每首诗仅有四句，但尽用了点睛之笔，字字珠玑。

欧阳修不仅是一位散文大家和大诗人，而且还是善聚文化资源的历史大家，他在琅琊山周边遍寻古迹，不忘创新，布局景点，修建了丰乐亭、醉翁亭、醒心亭，是他如过雁一样留下的身后印迹，也让琅琊的文化底蕴更加深厚。他的诗文、他的饱蘸深情的生花妙笔，给这些景物涂上了醉人的色彩，在山水中酿造出一种诗意的、梦幻的境界，使琅琊成为人与文相融的不朽文化胜地！

寂寞的丰乐亭

说到滁州，人们必谈到琅琊山，琅琊山有座醉翁亭，由醉翁亭衍生出了欧阳修的散文名篇——《醉翁亭记》，这“一亭一文”，声名卓著，常被世人津津乐道。其实，欧阳修在滁州留下的不仅只有《醉翁亭记》和醉翁亭，还有一文、一亭常被大多数人遗忘，那就是丰乐亭和《丰乐亭记》，虽名声不彰，但其底蕴深藏、清辉绵延的风采亦不遑多让。

一个闲暇的日子，我在朋友的陪同下，来到了丰乐亭。在拐了几个弯后，我们才找到了丰乐亭的入口。抬头望去，这里没有什么特别之处，如同邻家的小院，安静而平常，给人一种藏在深山人不识的感觉。

拾级而上，在狭窄的山道边，一弯清水从上面潺潺流下；再行几步，有一铭牌，看到文字描述，才知道这就是那著名的紫薇泉。据《丰乐亭记》记载，宋庆历六年（1046），欧阳修因“饮滁水而甘”，而寻泉水所在地，又因泉眼所在地“其上则丰山，耸然而特立；下则幽谷，窈然而深藏；中有清泉，滃然而仰出”而爱其景色，所以“疏泉凿石，辟地以为亭”，因此，紫微泉的历史要先于丰乐亭。欧阳修当年凿石疏泉，取名幽谷泉，并作《幽谷泉》诗以记之，后宋元祐二年（1087），滁州知州陈知新重修幽谷泉，将其改名为紫微泉。可能是因为旱季，紫薇泉细小了很多，但经过千年岁月的洗礼，仍静静地卧在丰山的脚下，像一个洗出铅华的少妇，依然不失其美丽和动人的身姿，更为丰乐亭增添了灵气。

再步行一二里，进入丰山的东麓，林木繁茂，绿荫森森。行走在小道上，山风送来阵阵清凉，在恍惚间一个建筑群突兀映入眼帘，这就是丰乐亭。丰乐亭是欧阳修来到滁州第二年修建的，其名取自“岁物丰成”“与民同乐”。丰乐亭附近是整个景区保存古建筑、古文物最多的景点，包括丰乐亭、保丰堂、危楼、棠舍、芥舟等，这些建筑整体成轴线依次排列，外以长方形围墙形成一个大院落。围墙正门门额上的“丰乐亭”三字是明朝南太仆寺卿萧崇业所书，过了正门即可见丰乐亭。丰乐亭身为十六立柱挑檐翘角四方亭，与醉翁亭建筑风格相同，亭壁原镶有欧阳修作、苏轼手书的《丰乐亭记》；在丰乐亭后院，还有一个石刻古迹，上书吴道子绘《观自在菩萨石刻画像》，没有经过考证，也不知道是哪个年代留下的。

丰乐亭后面是明嘉靖二年（1523）滁州知州陈则清修建的保丰堂，取保佑年年丰收之意。保丰堂内正屋悬挂有欧阳修全身画像，画中欧公举杯微醺，潇洒适意。保丰堂后屋内壁有多块明清石刻，可惜后来大多被毁，但观其遗迹仍可见笔势秀丽、洋洋洒洒。保丰堂后的建筑以危楼为正中，棠舍、芥舟左右相称，形成了一个四合院结构。危楼，古汉语中“危”意指“高耸貌”，所以“危楼”意为“高耸的楼”。该楼始建于宋朝，上下各三间楼房，青砖小瓦结构。站在危楼上，丰乐亭的景色尽收眼底。听随行的朋友介绍，千年以降，丰乐亭、保丰堂、危楼、芥舟等建筑和部分碑刻多次遭到破坏，大多仅存遗址，有的甚至连遗址也找不到了。现在可见的这些建筑都是后来恢复而建的，其目的是再现欧阳修笔下“滁人往游其间”的美好景象。

丰乐亭边有几株古木，最具代表的就是丰乐亭前的古银杏，相传为欧阳修亲手所植。欧阳修离开滁州后，对在滁州的那段时光还是很留恋的，他在暮年回忆丰乐亭时，作了一首《忆滁州幽谷》的诗，其中“当日辛勤皆手植，而今开落任春风”，就是遥想当年亲自手植的情景。丰乐亭后、保丰堂前的古龙柏和古黄杨，树龄也都在三百年以上，皆虬曲苍劲，形姿优美，很是罕见。在丰乐亭院落前有一株百岁楸树，高大挺拔，虽曾被雷击而半边树干焦毁，但仍直指苍穹，有拏云攫石之势，可谓奇异。能有这样优美、幽静的景色，我们不得不感慨前人对自然的膜拜和崇拜，至于欧阳修对“丰乐”二字内涵的真正理解和践行，给后人留下了多少念想的长度和空间也就不必多说了。

在丰乐亭转了一个小时，没看到游客，只有几个住在附近的市民在散步和锻炼。这里远没有醉翁亭那么热闹，丰乐亭如同一轮明月，正静静地悬挂在历史的天空。在走出丰乐亭的时候，我想起了欧阳修在丰乐亭游春时作的诗句：游人不管春将老，来往亭前踏落花。当年的游人如织的景象没有了，亭前的落花也已融入了大地。

紫薇泉边无人来。丰乐亭是寂寞的，如同一本放在角落的书，静静地等待着人们翻阅。寂寞是远离世俗的状态，也是对丰乐亭的文化保护，还是让她寂寞一点的好。

琅琊：一个让失意酿造诗意的地方

琅琊，在于琅琊之山水，山水之间唯琅琊得天独厚。

山水不在丰腴，而在乎自然。琅琊山不高，但也不矮，真是恰到好处，而且两山之间有一清泉流出，更是增添了琅琊的灵性。周遭的树木、花草不如南方那么繁茂，却有一种别样的风情。看山水如同看人，过于漂亮，而没有个性，未免流俗，大多数人都是不喜欢的。正是琅琊山水的独特，才让文人墨客产生那么多的想象、遐思，烘托出一个诗意的琅琊。

唐德宗建中三年（782），一位官员，更是一位诗人，不远万里，带着简单的行囊，或步行，或乘船，或骑骡，经黄河，入开封，过商丘、宿州、淮阴、扬州，来到琅琊山下，他就是唐代的大诗人韦应物。他在滁州任刺史三年，留下了很多脍炙人口的诗句。一天，为消去疲惫和烦恼，他到琅琊山边的西涧散步，看到那一树、一草、一舟、一渡，不禁诗情大发，吟唱出了那篇千古绝唱《滁州西涧》：独怜幽草涧边生，上有黄鹂深树鸣；春潮带雨晚来急，野渡无人舟自横。在后人看来，这首诗是那么诗情画意，但又有谁能感悟，那个在树上喳喳叫的“黄鹂”，不就是诗人的自喻吗！他独处异地、举目无亲，心中那深深的孤独、忧愁、相思又能向谁诉说。他只能是见景生情，有感而发罢了。

北宋至道元年（995），王禹偁二度遭贬，来到琅琊出任太守。王禹偁就是中国台湾著名诗人余光中在其散文名篇《听听那冷雨》里讲到的那位。余光中说，王禹偁破如椽的大竹为屋瓦，住在竹楼里面，急雨声如瀑布，密雪声比碎玉，感觉无论鼓琴、咏诗、下棋、投壶，共鸣的效果都特别好。这种意境表达了王禹偁作为诗人与自然相融的情怀。一首《滁州官舍》道出了他来滁州工作的心情：忽从天上谪人间，知向山州住几年。俸外不教收果实，公余多爱入林泉。朝簪未解虽妨道，宦路无机即是禅。铃阁悄然私自问，郡斋何异玉堂前。是啊，他一个人坐在简陋的官邸中思考人生，几次遭贬，从京城到乡间，又怎么不是从天上到人间，流落到此，又怎么知道要有多少年才能回到故乡，才能见到亲人。王禹偁是个好官，他不仅留下了《琅琊八绝诗》《唱山歌》《甘菊冷淘》等歌吟琅琊山水胜景和人文风貌的诗句，还系民于心，恤民济困，深得人望。有道是：俸外不教收果实，公余多爱入林泉。

北宋庆历五年（1045）秋，又一位大文豪踱着失意的步履来到琅琊。洪泽湖秋水长天，两岸柳黄霜白，北雁南飞，舟行摇摇。一叶孤舟之上站着一个中年人，矮小瘦弱，看上去似乎比实际年龄苍老许多，此人正是欧阳修。此时的欧阳修内心失据，心中如捣，在船上好不容易熬到夜深才合眼，五更时分却又被孤雁的哀鸣惊醒，再难入眠，随口吟成一首七绝：阳城淀里新来雁，趁伴南飞逐越船；野岸柳黄霜正白，五更惊破客愁眠。诗中的“客”字颇值得寻味。欧阳修入仕以来，在地方任职时间都比较短，总是匆匆到任又匆匆调走。这次他随时准备背起行囊奔往他乡。“官居处处如邮传，谁得三年作主人”，是发自他内心的真情实感，现在又要往滁州做客了。

欧阳修怀着满腹委屈和愤懑来此，不期然，琅琊朴静的乡野竟成了他的精神慰藉，秀丽的山壑林泉逐渐冲淡了其内心深处的愁闷。水流云起，鸟鸣花放，琅琊原生态风物升华了他的思想境界和人生涵养，使他以一种高旷豁达的眼光来审视生命和生活。这激发了他的写作欲望，也丰富了他的审美感知，使他到滁州后的诗文别具一种独步当世的风神，给曾经沉闷的文坛带来一股婉雅的清风。在滁州三年，欧阳修创作的诗有六七十首，加上文章书信超过百篇，其中《丰乐亭记》《梅圣俞诗集序》《重读〈徂徕集〉》《菱溪大石》《题滁州醉翁亭》《丰乐亭游春》《别滁》等，都是不朽的佳作，而《醉翁亭记》更是他艺术宫殿里的一颗璀璨明珠。作为太守，他可以“醉”；作为贬谪到此的逐客，他不能也不会醉。无论在醉乡、梦乡，他都不能忘了身是客，不敢贪欢，在主与客、醉与醒、庄与谐、乐与忧、动与静、热与冷渗透交融的境界中，吐露出一种浩怀逸气：“然而禽鸟知山林之乐，而不知人之乐；人知从太守游而乐，而不知太守之乐其乐也。”他乐民之乐，给人以独依危栏俯视群伦的感觉。对于“醉翁之意不在酒”，宋人陈鹄所评“意古直出茫昧始，气豪一吐阊阖风”，准确地揭示了《醉翁亭记》传诵后世的谜底。

南宋乾道八年（1172），大词人辛弃疾来了。他是南宋豪放派词人，人称词中之龙，与苏轼合称“苏辛”。辛弃疾生活在一个动乱的时代，他不仅有军事才能，而且有一颗爱国之心，其词作艺术风格多样，以豪放为主，风格沉雄豪迈又不乏细腻柔媚之处。我尤为喜欢他的《清平乐·村居》：茅檐低小，溪上青青草。醉里吴音相媚好，白发谁家翁媪？大儿锄豆溪东，中儿正织鸡笼。最喜小儿亡赖，溪头卧剥莲蓬。他把江南农村初夏的景致和一家人的生活刻画得淋漓尽致，应当是前无古人后无来者。辛弃疾在滁州主政时间不长，只有短短两年，在这两年时间里，他是空怀抱负的，因为他是北人，不受南宋朝廷的信任，留下的只有孤寂、无奈和愁绪。这种心情在他的《木兰花慢·滁州送范倅》中得到了很好的诠释：老来情味减，对别酒、怯流年。况屈指中秋，十分好月，不照人圆。无情水、都不管；共西风、只管送归船。秋晚莼鲈江上，夜深儿女灯前。征衫，便好去朝天，玉殿正思贤。想夜半承明，留教视草，却遣筹边。长安故人问我，道愁肠、殢酒只依然。目断秋霄落雁，醉来时响空弦。在词中，辛弃疾感到人生衰老，早年的情怀全减，特别是面对送别酒，怯惧年华流变，时间过得飞快。更何况屈指计算，中秋佳节将至，那一轮美好的圆月，偏不照人的团圆。无情的流水全不管离人的眷恋，与西风推波助澜，只管将归舟送归。辛弃疾祝愿客人范倅在这晚秋的江面，能将莼菜羹、鲈鱼脍品尝，回家后与儿女团聚在夜深的灯前。他还劝范倅：“我是没有希望了，你范倅赶紧趁旅途的征衫未换，快去朝见天子，而今朝廷正思贤访贤，说不定朝廷会留你下来起草翰林院的文件，也可能派遣你去筹划边防军备。”他告诉范倅：“倘若故友问到我，只说我依然是愁肠满腹，借酒浇愁愁难遣。”客人远去，他遥望秋天云霄里一只飞翔的大雁消逝不见，在沉醉中只听到有谁奏响了空弦。词里行间，蕴含着多少无奈、纠结和落寞，只能说，知音少，断弦有谁听。

人生自有悲欢离合、起伏升落。古往今来，多少饱学之士、多少豪侠之人希望有一番作为，可往往理想太过美好，现实又过于残酷。韦应物是唐代的世家子弟，从京城来到地方，自然而然有一种很大的落差，在琅琊山边，在西涧湖畔，诗人时时流露出一种不在其位、不得其用的无奈与忧伤。王禹偁、欧阳修都是遭贬而到滁州，失意也是在心中萦绕，郁结之气如一团乌云笼罩在自己的心头，他们寄情山水，倾情文墨，用写意的诗情来驱逐久滞的浓云。烽烟四起的年代，辛弃疾希望可以凭借一人之力来扭转混乱的时局，却落得不被信任的可悲结局。他们哪位不是失意之人呢！但失意并没有失志，无论是快意江湖，还是怡情山水，都是为了忘却心中的失意，这样失意才能变成诗意，也催生出诗意。

琅琊，月光如水，静静流淌；琅琊，月夜如雾，蒙蒙弥漫。好一个让失意酿造诗意的地方！

也无野渡亦无舟

对于滁州西涧印象，最早来自唐代大诗人韦应物的一首诗："独怜幽草涧边生，上有黄鹂深树鸣；春潮带雨晚来急，野渡无人舟自横。"

韦应物是唐德宗建中三年（782）来到滁州。在一个春日的黄昏，忙完公务，韦大诗人独自一人迈着悠闲的步伐，来到西涧赏景。西涧之景让诗人诗情大发，写下了《滁州西涧》这一名篇。

《滁州西涧》我很喜欢，这是一首非常有意境，也让人能读懂的诗。诗歌所写均普通平常之物：暮春之际，群芳已过，诗人闲行至涧，但见一片青草萋萋。这里幽草、深树，透出境界的幽冷、清净，虽然不及百花妩媚娇艳，但它们那青翠欲滴的身姿，那自甘寂寞、不肯趋时悦人的风标，与诗人好静的性格相契，自然而然地赢得了诗人的喜爱。

细品"独怜幽草涧边生，上有黄鹂深树鸣"，我们会发现诗人对暮春景物感悟非常独到，对于景致的观察更是细致。他看到了涧边的幽草、树上的小小黄鹂，黄鹂鸣叫似乎打破了刚才的沉寂和悠闲，发出了我是多么喜爱涧边生长的幽草，又是多么喜欢听到黄鹂在树荫深处啼鸣的感叹。这是清丽的色彩与动听的音乐交织成的幽雅景致，一静一动的画面，其实在诗人静谧的心田里荡起更深一层的涟漪。尤为值得称道的“独怜”二字，感情色彩至为浓郁，是诗人别有会心的感受，表露出诗人闲适恬淡的心境。王安石有“绿荫幽草胜花时”之句，写的是初夏之景，与“独怜幽草涧边生”有同样的意境。还有一个“上”字，不仅是写客观景物的时空转移，重要的是写出了诗人随缘自适、怡然自得的开朗和豁达。

再读“春潮带雨晚来急，野渡无人舟自横”，可以读到景色虽异，但仍是闲适恬淡情愫的展衍：到傍晚时分，春潮上涨，春雨淅沥，西涧水势顿见湍急。郊野渡口，本来就荒凉冷漠，此刻愈发难觅人踪，只有空舟随波纵横。一个“带”字，好像雨是随着潮水而来，把本不相属的两种事物紧紧连在了一起；一个“急”字，写出潮和雨的动态；一个“自”字，体现出悠闲和自得，含有“自我欣赏”“自我怜爱”的意蕴。

这首诗中有无寄托，所托何意，历来是众说纷纭。旧注以为这首诗有政治寄托，说是写“君子在下，小人在上之象”，蕴含一种不在其位、不得其用的无可奈何的忧伤。我认为韦应物是一名官宦子弟，远离京城，其失落是必然的，观景生情，完全可以自圆其说；也有人认为“此偶赋西涧之景，不必有所托意”。我想诗人为写景而写景，没有寄托是一种自我猜测罢了。细细品读诗的每一个字，避开一些政治上的猜想，我感悟到诗人以情写景、借景述意，写出自己喜爱和不喜爱的景物，说自己合意和不合意的事情，而胸襟恬淡，情怀忧伤，便自然而然地流露出来，也让后人读到：热闹和冷清都是尘世的风景，在喧哗之外或许更能彰显自己的灵性。

到滁州工作以后，我一直想到西涧去走走，问了一些朋友，他们都莫衷一是。有人说西涧在宋代就寻觅不到踪迹了，不然欧阳修怎么没有咏西涧的文章，说得很有道理；也有人说，西涧就在城西水库一带，因为建水库，西涧被淹没，最终只能是也无野渡亦无舟了。滁州西涧虽成为一个历史的符号，但韦应物留下了那首著名的《滁州西涧》，不能不说是一幸事。在浩若烟海的古诗句当中，“野渡无人舟自横”能引很多人共鸣。他道出一个真相：孤独作为一种风景，作为一种状态，千百年来都是人的常态。

闲暇之时，我独自一人来到城西水库，站在高高的堤坝上，望着一片浩渺，想象着水下的西涧，何处再觅“无人之舟、野渡自横”景致。我想，狂欢是一群人的孤独，孤独是一个人的快乐。执自己的心灯，照亮身边时世，到底是簇拥向前，还是独步涧畔，不用刻意，随心即是，顺其自然就好！

一篇浩浩荡荡的碑文

经常陪友人参观凤阳的明皇陵。每次走过那神道，我最感兴趣的是皇陵碑，更钟赏那皇陵碑的碑文。

凤阳的明皇陵神道南端两侧各竖一碑，东为无字碑，西为皇陵碑。皇陵碑坐西朝东，通高 7.37 米，碑身高 4.2 米，宽 1.89 米，厚 0.63 米。碑首四周浮雕 6 条大螭，刻工精湛。碑由碑座、驼峰、碑身、云板和碑额五部分组成。碑座为神龟，意龟鹤延年，既取长寿之意，又祈求墓主及后代平安富贵。碑额篆书《大明皇陵之碑》，下以云朵环托。碑文为楷书，26 行，每行 56 字，共 1105 字。

据导游解说，碑文系朱元璋亲自撰写。最初，朱元璋命翰林院侍讲学士危素撰文，后嫌其“儒臣粉饰之文，恐不足为后世子孙戒”，乃亲自撰文，叙述其贫寒出身、起义灭元、开创帝业的过程，阐明昌运兴盛的道理。碑文文辞质朴感人，文风独特。我国著名文学评论家郑振铎在《插图本中国文学史》中评论明皇陵的碑文“是篇皇皇大著，其气魄直足翻倒一切记功的夸诞的碑文。他以不文不白的文字、似通非通的韵语，记载着自己的故事，颇具着浩浩荡荡的威势”。

朱元璋出身贫民之家，没有上过正规的学校，更没有经过系统的学习。按照现在的话说，他是一个没有文化的人。他获得的知识都来自实践，从他当了义军统帅之后，他就开始了自学。那时他已三十多岁了，但是并不影响他的学习，他坚持每天晚上都读书，并且常常与手下的一些文人学士讲经论史。时间长了，他不仅能写东西，还可以对一些文学作品进行评论。

细读《大明皇陵之碑》，开篇寥寥几笔，开宗明义述说了建陵的时间为“洪武十一年夏四月”，监工是江阴侯吴良；撰写碑文的目的是“特述艰难，明昌运，俾世代见之”。再读正文，有几层含义。第一层讲述了朱元璋自己小时候生活的艰辛和艰苦。“殡无棺椁，被体恶裳。浮掩三尺，奠何肴浆”，刻画得尤为实在；特别是“仰穹崖崔嵬而倚碧，听猿啼夜月而凄凉”，更是他自我悲凉心境的描写，如果没有经历悲惨的境遇，如何发得出这种悲声。第二层讲述如何决定起义，起义之后南征北战，凭借着自己的努力最终打败陈友谅，在所有的起义队伍中脱颖而出，创造了明王朝。“从愚朝暮，日日戎行。元兵讨罪，将士汤汤。”征战是忙碌、辛苦而惊险的，胜利又是让人快乐和喜悦的，“倚金陵而定鼎，托虎踞而仪凤凰。”定都金陵，傲视天下，那有风来仪的感觉是多么的惬意、多么的风光。第三层表述了朱元璋在登上皇位之后，他自己从来都不懈怠，致力于国家治理的理想。“世世承运而务德，必仿佛于殷商。”他希望大明王朝吸取立业之经验，遵循守业之明德，则必定能够像殷商那样久有天下。

《大明皇陵之碑》其实是朱元璋的自传，写自传的人都喜欢粉饰一番，多提自己的长处，这大概是人之常情。而朱元璋作为皇帝，丝毫不避讳自己的身世，却执意要把发迹前的困苦生活写给天下人看，手下的儒臣们把攀龙附凤、拍马屁的稿子写好了，他都不用，的确需要一番魄力。

有学者言，通观朱元璋的这篇碑文，行文能中规中矩，但是离传世还有差距，前不及唐宋大家，后难比公安竟陵。我认为这一评价过于吹毛求疵，朱元璋不是文学大家，而是乞丐出身的皇帝，起于草莽，能够写出如此言简意赅、启迪后人的碑文，实属难能可贵。这篇碑文道出了真相，说出了真情，讲出了真意。朱元璋一心想用自己家世的艰辛和开创山河的艰难来勉励朱家后世，因此对自己当年生活的窘迫艰辛没有一点讳饰，反而动情地回忆着当年草民生活的点点滴滴，情到深处，的确能让你感受到至亲离合的悲喜，领悟到人生荣枯的沧桑。

我也写过一些官样文章，自己都不满意。这种不满意来自命题文章，没有倾入感情。朱元璋知道儒臣的特点，他没有让儒臣代笔，而是亲自动手，所以才留下了一篇浩浩荡荡的真实碑文。

凌寒独自开的王安石

墙角数枝梅，凌寒独自开；遥知不是雪，为有暗香来。这首诗是北宋著名的政治家、改革家、思想家和文学家王安石的作品，也是他最为世人津津乐道的诗歌之一。细细品读这首诗，我感到的是他个人心迹的表达，更是他个性的展示。没有“凌寒独自开”的境遇，怎么会有“为有暗香来”的境界。其实，王安石就是凌寒独自地做人、做事、从政，虽然在当时他的处世态度、行事方式、为政理念遭到一些诟病和否定，但历久弥新，我们后人却闻到了阵阵暗香。

据史书记载，王安石“虎头牛耳”“脸孔黧黑，肤理如蛇皮”，就是说他的头像老虎一样，耳朵像牛耳一样大，面部尤其黑，身体上的皮肤像蛇皮一样粗糙。像这样的人，我们现在都会认为是外星人，更何况在宋代。人的相貌与性格有很大的关联，从古至今，长相奇特的人大都不是一般之人。因为长得与其他人不一样，他就有了百分百的自卑和百分百的自尊，自卑来自自己长得丑，自尊来自个体的与众不同。把自卑和自尊当中的两股正能量汇集起来，就有了百分之二百的力量，往往奇人可以创造出奇迹。宋人黄庭坚说王安石终日目不停转，好像一天到晚都在想问题，说明他有过人的精力和过人的能力，常人又怎么能与他相比。

王安石“做人”是不受称道的，可以说是当时的另类。他性情执拗、不善世故，不给人面子。大家知道，中国是人情社会，朋友之间推杯换盏本是常事、乐事，但在王安石眼里，那根本就是浪费时间，他把所有的时间都用来思考。北宋文人邵伯温在《邵氏闻见录》里记载这样一个故事：当年，包拯担任开封群牧使，司马光和王安石都是他的下属。有一天，包拯兴之所至，带几个下属饮酒赏花，席间气氛融洽，包拯亲自向王安石、司马光等一帮下属敬酒。领导给下属敬酒，这个事情不常见，就连不爱喝酒的司马光都一仰脖干了。唯独王安石是头犟牛，撂下一句“我从不喝酒”，断然拒绝。不管同事如何劝酒，就是不喝，气得包拯黑脸变得更黑了。

王安石被称为“拗相公”，在为官上的表现是性格执拗，不懂通权达变的道理，是一个八匹马也拉不回，一条道走到黑，头撞南墙终不悔的人。“王安石变法”是历史上最有争议的事件之一，其失败的原因也众说纷纭。有的历史学家在作相关解读时，把“王安石变法”的失败原因归结为统治阶级内部所谓变法派和保守派之间的斗争。其实，着眼于人际关系，王安石变法失败与他的性格有很大的关系。王安石入朝执政之初，当他刚刚开始制订变法的计划时，保守派的官僚士大夫们，就全都拿“天变”来恐吓宋神宗，意图以此来阻挠变法的进行，但王安石提出了“天变不足畏”的观点。然而，在朝廷一次次喧闹中，王安石不去沟通、不去协调，不与朝中大臣搞好关系，凭一己之力御汹汹逆流，其中的难度可想而知，在中国传统人情社会，他不失败才是个奇迹。从王安石的身上，我们可以看到，一个理想主义者要实现自己的梦想，不是一件容易的事情，王安石改革失败也是必然。恰如林语堂先生在《苏东坡传》中评价的那样，王安石“徒有基督救世之心，而无圆通机智处人治事之术”。性格决定命运，这句话是很有道理的。

王安石不畏权势，不逢迎拍马，敢讲真话。王安石二十岁左右就荣登进士二甲第一，可谓是少年得志。一天，江西老乡，也是当朝宰相晏殊看到这位年轻才俊未来可能前途无量，就专门请他吃饭。在酒足饭饱之后，老成持重的晏宰相语重心长地忠告王安石：“能容于物，物亦容矣。”也就是叫他不要年轻气盛、眼无一物。但王安石丝毫不买账，回到家中在日记中感慨，晏公身为朝廷大臣，却教人如此逢迎，何其卑污。同样，对多年支持自己的老领导韩琦，王安石在日记中写道，“韩琦别无长处，惟面目姣好耳”，意思是说，韩琦什么本事也没有，就是长得帅而已。

王安石生活上落拓不羁，没时间打扮自己，经常把自己弄得很邋遢。由于长期不洗脸，王安石脸上厚厚一层灰，家人以为他病了，请来大夫。大夫一看，把他脸上的灰泥一洗就好了。家人让他洗脸，王安石黑着脸说：“我天生就长得黑，再怎么洗也白不了，别浪费工夫了！”王安石身上长了很多虱子。有一次他面见宋神宗，虱子爬到了胡须上。宋神宗忍不住笑出声，他自己还不知道是咋回事，等出了门问同僚才明白过来。王安石让手下把虱子抓走，同僚挖苦他说：“这是宰相脸上的虱子，还被皇帝亲自鉴赏过，不能轻易抓走。”

王安石生活有底线，不好美色，他浑身臭气，其妻子则有洁癖，估计夫妻生活很不和谐。好心的妻子买了个美女给他做妾，他坚决不从，客客气气地把美女送走，终生未纳妾。他不贪财，每次发工资，总是拎着一袋子钱回家，数也不数就上缴给妻子，退休后重回一穷二白的境地，可以说是个清正廉明的好干部。他不拉帮结派，独来独往，跟任何人都没关系，就是个“不粘锅”。可见王安石确实是一心为国，不顾及其他。被王安石打击得很惨的黄庭坚在《跋王荆公禅简》中说：“余尝熟观其风度，真视富贵如浮云，不溺于财利酒色，一世之伟人也。”人们对他所有的诟病，就是执拗。司马光总是维护着王安石的形象：“人言安石奸邪，则毁之太过；但不晓事，又执拗耳。”

我们看到王安石为人不知变通、不讲情面；从政上不知沟通协调，甚至一意孤行；生活上不好色、不爱财。虽然他的变革没有成功，但至少说明他不是个庸官，是个敢于负责、很有作为的人。至于个人不讲卫生，不懂生活的情趣，甚至闹出偷吃鱼饵的笑话，我看这都是小节。人无完人，只要在大德上无失节之处，只要有才，只要敢作为、敢负责，长得丑又能怎么样！

没有凌寒独自开，哪得暗香来。我爱凌寒独自开的王相公。

故乡，那永远抹不去的记忆

对于故乡，无论是留下的还是离开的，一百个人有一百种感悟和认识，一百个人有一百个情怀。留下的人把汗水和血液都浸入了那片土地，即使有一颗飞翔的心，那片土地都有神奇的魅力把他拉回；离开的人即使恨自己的故乡，但从双脚落下的那一刻，在他心灵的深处就烙下了故乡的印记，那血缘和亲情如同一根线，无论你飞得多远，都会把你牵连。

我出生在安徽怀宁县的一个蓄洪区。一到雨季，人心惶惶，大人到堤坝上防汛，我们望着倾盆大雨，只有无奈、迷茫，乃至一种绝望。村外有一条大河，每到这个时节，大河的水就会上涨。它像一条张开大口的恶龙，时时想冲破圩堤，吞噬圩里的田野和庄稼。一直到我工作以后，我都不知道这条河的名字，大人也没有说过。直到 2005 年，故乡又发大水，时任国务院副总理的回良玉到此地视察慰问，我看过新闻，才知道那条河名叫泥塘沟河。这里没有故事，没有名人，没有发生惊天动地的事情，就连在乡镇工作的人都没出过，只有一片因洪水泛滥而冲积成的湖成平原，一群为了生计、为了繁衍的老实农民。在中国的版图上，故乡是一个渺小得不知怎么渺小的地方，平常得不知怎么形容的一个地方。

小的时候，总想离开这个地方。我经常站在泥塘沟河高高的圩埂上，望着天空和白云，想着农耕的艰辛和困苦，想着不知什么时候到来的洪灾，想着面朝黄土背朝天的日子和自己不知的未来。长大后，我走出了那片田野，那条令人生畏的河流和灰墙青瓦的老屋。虽然那里有苦难、艰辛、洪灾，但我对这个小地方的怀念随着年龄增长越来越浓烈，那是永远也抹不去的记忆：我怀念我的祖母，她每天早晨都会给我冲上一碗鸡蛋羹；我怀念我的祖父，每到落日的时候，他都会带回一筐鱼；我怀念家乡的味道，祖母的鱼丸、母亲的蒿粑是一生再也不能拥有的味道；我怀念故乡的一切，还有那带着稻草味道的炊烟和春天泥土的芬芳。这种怀念是丰厚的、深沉的，镌刻在脑海上，沉淀在情感里，无论走在哪里，都牵着我的心。

故乡的清晨总是伴着鸡鸣鸟叫而来，那如同天籁之音，唤醒沉睡的人们去迎接一个新的晨曦。故乡的清晨是空气清新的，走出低矮的老屋，扑面而来的是那清新的空气，吸入口中，带着小草和泥土的香味，的确沁人心脾。走在乡间的小路上，路边青青小草挂着颗颗晶莹的露珠，遇到乡亲，一声问候，会让人们心里温暖一整天。站在田埂上，远远望去是辽阔无垠的田野，稻浪随风一波一波荡漾，人在其中，好似置身于浩瀚的大海。漫步在小河边，那一层薄薄的雾笼罩在河面上，像是一条无尽的飘带。晨风一吹，薄雾笼罩下的乡野，如同一幅美妙的山水画。

故乡的傍晚迎着落日的余晖姗姗而至，夕阳的光芒在树丛间闪烁，晚霞与阳光在天空中合二为一，给乡间留下一天最后的眷恋。落日里村民从田里归来，虽满身的疲惫却有付出后的甜美的笑容，碰到会心的人便停下来谈笑风生，全然忘记一天的劳累。夕阳下孩子们是最快乐的，好像是故乡村庄的一种规矩：大人容许傍晚的时刻让孩子们尽情欢乐。他们可以绕着大人们转来转去，偶尔不经意遭到呵斥，也只是做一下鬼脸而后继续着自己快乐，或是跑到母亲怀里依偎，像是一只受惊的小鸟无辜地看着周围。他们也可以模仿自己心中的神话偶像，玩着各种成本很低的游戏，在那一阵阵欢声笑语中蕴藏着多少美妙的童趣。女人们做好饭后走出大门也参加到傍晚的“聚会”，看着过往的人群，表达着乡土的问候。偶遇许久不见的熟人又拉起了家常，在谈话中感叹生活的悲戚与欢欣。看着时间不早了，就尽快地结束谈论的话题，继而呼喊贪玩的孩子和等待着吃饭的丈夫，虽然晚餐很简单，但释放出的欢声笑语，演绎着一家人的快乐和幸福。

我最喜欢故乡的夜晚。记忆中的故乡夜晚是漆黑而安静的，没有灯的闪烁，没有车的喧嚣，没有人的嘈杂。黑夜给故乡披上了一层厚纱，也盖上了一片宁静。卸下满身的疲劳，父亲倒上一杯茶，坐在大门边的一个凳子上，抬头仰望黑色的夜空，在沉默中陷入了思考，也许是想着明天的活计，也许想着今年的收成，也许是想着孩子的未来。在昏黄的油灯下，我们小孩子在静静地读书写字，但屋外又是另一种世界。你听，池塘蛙声一片，蛐蛐也在窃窃私语，最热闹的是一家犬吠，满村狗叫，所有的声音汇合在一起，成为乡村小夜曲。夏季的夜晚，乡村的感觉美妙至极，抓泥鳅、捉黄鳝更是我们快乐的节目。走在夜晚的田间小路上，听着月亮下的涓涓细流在汩汩作响，溪旁小树随风发出噗噗的声音，真有一种“明月松间照，清泉石上流”的意境。那时的心总是平静的、透明的，纯洁得像一张未曾作画的白纸，即使没有收获，一群小朋友还是带着欢乐踏上归途。

说到故乡，总会想到炊烟。炊烟是属于故乡的，炊烟在故乡有着独特的含义。我的故乡是湖成平原，对炊烟的感觉更为深刻，我可以分辨出自家炊烟的位置，知道炊烟升起的呼唤，一次又一次冒出长长的炊烟，那是我童年生活记忆的一部分。到外地工作以后，我经常思考，炊烟里有什么？那里有故乡人宁静温馨的生活，有母亲可口的饭菜和爱。炊烟代表什么？代表生命的繁衍，亲情的延续。远行游子在回家时看到炊烟，那里有家的牵挂，有家的温暖，有亲人的等待；孩子贪玩忘记了时间，看到炊烟就飞快地往家跑，那里有父母的担心和关爱。从故乡走出，每每遇到挫折时，我常常会想起家乡那徐徐的炊烟，想到故乡的父母双亲，那是生命的牵挂和前行的力量。

每年我都会回到故乡，每年的感受和感悟都不一样。一年又一年的四季轮回，故乡在改变，也在改变故乡的人们。我分明看到故乡父母的皱纹又多了几层，在父母渐渐弯驼的背影里，我也看到了自己正在老去。在城市打拼多年，经常失眠的我，也只有回到故乡，在那间老屋的旧床上才能一夜到天明。

故乡是港湾，让身心疲惫的游子有个归属。已经年过半百了，我真想回到故乡，回到那个当年一心想离开的地方，陪着我的父母看花开花落，看云卷云舒。是啊，故乡记忆，记忆故乡，又承载着多少心的归属。

给儿子的一封信

雨田儿：

再过一个月，你就是一名高三学生了。也许你已经知道高三意味着什么，但从我的人生经历来说，我觉得高三是人生的一个门槛。

你是一个聪明的小伙子，思想活跃，为人正直，所以，作为父亲的我始终对你的未来充满信心，对你始终信任。在以前的教育中，我有很多的缺憾，比如，脾气暴躁、说话不注意方式方法；经常加班加点，不能陪你在家学习，不能帮你辅导功课。每每想到这些，心中总有一种痛，更多的还是愧疚。其实，这些愧疚我很早就想与你说，但因为纷扰之事常常打乱思绪，害怕父子的交流会引起纷争。现在，你正在重要的门槛之边，我必须静下心来，与你说上几句心里话。

我希望你能领悟“机不可失，时不再来”的内涵，真正把握好人生的机遇。对于一个人来说，人生只有几十年，在几

云山雾海

國色天香
辛丑年冬

十年的时光中，机遇不是经常有的。在你人生的关键时刻，尤其要把握好机遇。虽然你看书较多，但那是零散的，没有形成系统性的知识体系，对一些深层次的问题还是一知半解，尤其是对高三毕业之后自己的境况你不会去思考、也不想去思考。但作为父亲，即使你不愿听，我也必须帮助你进行一些分析。如果高三之后你能昂首跨过门槛，顺利进入大学，那就是抓住了人生第一次机遇，你的人生会因此减少很多阻力；如果不能顺利过坎，不仅会增加家庭的经济成本，更重要的是添加自己心理的压力。虽然你是一个心理健康而且坚强的人，但你内心的敏感我是很清楚的。在现代社会，高考不是“华山一条路”，但有一条宽阔的道路摆在你的面前，如果不去珍惜、不去把握，那会是你人生的一大遗憾。

我希望你改掉陋习，为人生第一次冲刺做好准备。人无完人，任何人身上都有缺点。我认为你身上的缺点不少，生活习惯我就不说，在学习习惯上，你不喜欢动手、不喜欢动嘴的毛病很严重，这是学习的大忌。你应当知道，我们国家的考试模式关键是书面的，主要考你的记忆、书写和表达能力，如果不动手，又如何在限定的时间内完成大量题目的应答呢？其实动手书写也是记忆的一种方式，不仅可以帮助你把题目的答案记忆好，而且可以帮助把答案书写好。关于动口，更是记忆的一个重要方面。为什么和尚要念经，他们是通过念经来增强记忆的。我讲到你的一些缺点，并不是为了批评你，不是否定你的优点，在你身上有许多优点，如遵守校纪校规、尊敬老师和长辈、爱好广泛，尤其篮球打得好，这些都值得我好好学习。

我希望你永远自信，做人生的强者。勇敢自信是一个男人不可缺少的重要品质。有了自信，什么事情都不会难住你。你虽然是一个中学生，但在勇敢自信上要以成年人的标准来要求自己。在学习上遇到不懂的知识，不懂的题目，你完全可以向老师和同学们请教，这不是不自信，而是一种非常自信的表现。因为，闻道有先后，术业有专攻；三人行，必有我师。这些都是先辈们总结出来的人生哲理，需要你我用一辈子时间去体会。考试成绩不理想，我不会像以前那样去责怪，你也没有必要自责和自卑，但你绝对不能盲目乐观，要知道一分耕耘才有一分收获的道理，成绩上的差距，只能说你在学习的某些方面花工夫不足，与同学们还有距离。正如你所说的：你的发展空间还很大。是的，发展需要空间，空间是发展最好的基础，但如果找不到问题的症结，把自我完善好，急起直追，那只能是原地踏步，空间就会一直存在下去，有时会把空间拉得越来越大。

我希望你对同学、对朋友要始终保持一颗宽容的心，不要什么事情都与别人斤斤计较。待人真诚、乐于助人就会有很多朋友；心胸狭隘，总怕自己吃亏是不会有朋友的。你不能因为自己在某些方面有优势就目中无人，自我感到了不起；你不能因为别人外表有缺陷就看不起别人，随意给人家起绰号；你不能因为别人有痛苦就事不关己、幸灾乐祸；你不能因为别人弱小就盛气凌人、肆意欺负。你要明白：尊重别人，别人才会尊重你；关心别人，别人才会关心你。

随着你一天天长大，你会发现生活不会永远一帆风顺，在你人生的道路上肯定有坎坷。但无论是顺境还是逆境，你都要靠自己的奋斗，要有一颗上进的心、感恩的心，以微笑面对一切，以毅力冲破困境，以思考解决问题，这样才会让你尽快成长，才会在历练中成为一个真正的男子汉。

我讲的这些道理有说教的成分，有些你会明白，有些你不一定认同，但随着你的人生阅历的增加，你会慢慢知道和明白其中的要义。虽然父亲很啰嗦，但我每一句话都包涵一个父亲对儿子深深的爱，只希望你未来的路越走越好！

你的父亲：陈严法

2008 年 8 月 8 日

梦一样的布莱德湖

到斯洛文尼亚，必然要去布莱德湖看一看。

布莱德湖在阿尔卑斯山的南麓，四面环山，如同一颗蓝色的宝石，嵌在一片群山之间；又像上帝掉下的一滴眼泪，是那样晶莹剔透。

湖心有座高出水面 40 米的小岛，岛上有一座而今依然弥漫着古老神秘气息的巴洛克式教堂。这座昔日教徒祈祷的圣地，现已辟为教堂艺术博物馆。传说在教堂钟楼里曾有三口大钟，其中一口沉落湖底。每逢月白风清之夜，人们站在湖旁能听到隐隐钟声。

建于布莱德湖畔悬崖峭壁上的布莱德城堡，是 1004 年由德国皇帝亨利二世建造的。为了体现大国的富有，同时也为了利于统治，亨利二世把城堡赠送给了当时的主教，后来主教的继任者把布莱德城堡割让给哈斯堡家族，之后又经过斯洛文尼亚大公国和南斯拉夫的统治，城堡的主人几经更迭。我想，无论城堡的主人是谁，她历经岁月的雕琢，见证战火的洗礼，依旧傲然耸立在布莱德湖的岸边，像一尊高大的守护神一样，守护着布莱德湖的神秘和安宁。

现在的布莱德城堡，内外游人如织。城堡内有介绍布莱德历史的博物馆、16 世纪印刷业博物馆、古法酿酒酒窖，还有教堂和餐厅供新人举办传统民族服装婚礼。世事沧桑，古老斑驳的城墙和古欧洲的风格建筑，刻入中世纪宗教与政治相融的记忆；当年又有谁能预见，这历史上政教合一权力的象征之地，如今已成为一个旅游胜地，只留下神秘回忆和无尽遐思。

站在城堡上居高临下俯瞰，更能把布莱德湖光山色尽收眼底，眼前的一切的确给人一种震撼，我们不禁由衷感叹大自然的鬼斧神工，感叹上天给予这一方人的恩赐。放眼望去，苍翠的森林环绕着布莱德湖，平静的湖水被映染得更深更绿更蓝。湖面如镜，微波荡漾，有一种丝绸般的柔美，真想把她揽入怀中，带到远方。

清晨，行走在湖边，只听到鸟叫、虫鸣，让人真正体会到鸟鸣湖更幽的诗意。已经没有昨天的风浪了，湖面更像一面镜子，在晨光的映照下，凸显出一种宝贵之气。在湖边，我又遇到了昨天带着三个儿女在风浪中练习游泳的野鸭妈妈。一大早，野鸭妈妈带着她的三个子女在湖边草地上吃草，在岸边上还站着另外一只野鸭，我想他一定是三只小鸭的父亲吧！再次的相遇，看到生活在梦境湖中的五口之家，是那么的怡然自得，是那么的和谐宁静，这应是一种难得的缘分！

其实，斯洛文尼亚和布莱德湖的知名度都不如一些欧洲其他国家和其名胜，但斯洛文尼亚的精致与文明，斯拉夫人的热情与好客，布莱德湖的宁静和秀美，都给人留下了难忘的印象。

布莱德湖的自然风光，使它无愧于那“山上的眼睛”的赞誉。古典美丽的城堡、四周葱茏的树木、澄澈晶亮的湖面、湖中阿尔卑斯山雪白的倒影，都给人梦幻般感觉，那是梦一般的布莱德湖。

台湾纪行

到台湾，启程是2013年的11月11日。我们从合肥新桥机场出发，在飞机上呆了3个多小时，当天中午11点半到达台北市桃园机场。

在台北，没有感到什么特别，就如同在大陆一样，一样的建筑、一样的人种、一样的语言，看到同胞，如同看到了亲人，没有任何感情上的隔阂。台北是台湾的省会，仅次于新北，为台湾的第二大城市，是台湾的经济、文化、政治中心。台北的历史比较悠久，有很多的历史古迹，如台北孙中山纪念馆、自由广场牌坊、台北孔庙、台北故宫博物院等。

到台北，不能不去参观孙中山纪念馆，这是纪念孙中山的地方。孙中山纪念馆是边长为100米的正方形，高30.4米，分成前后两大部分，前为中山雕像纪念堂，后为表演厅。正面入口处的屋檐向上翻起，这种奇特的屋顶造型可追溯至唐宋。纪念馆在借鉴传统建筑的同时，也赋予了不同的新意：以简洁有力的线条勾勒屋脊，巧妙地将屋顶形成三度曲面，从造型上看，整个建筑接近完美。以线条取代块面，注重柱子、门窗、屋檐的线条美感，色调朴实且耐看，具有淡泊宁静而致远的气质，整个建筑散发着一种东方古典的含蓄美。这里每隔一段时间，都要举行仪仗队交接仪式。我们到纪念馆时恰好正点，正是警卫换岗的时候，有幸看到了这个仪式。

台北地标建筑——101 大厦离孙中山纪念馆不远，乘车很快就到了。101 大厦在电视上经常看到，真正见到还是有点激动，抬头望去，如果戴了帽子也要掉下来。101 大楼由国际级建筑大师李祖原精心设计，大楼整个呈竹节形，寓意节节高升，生生不息。李祖原以中国人的吉祥数字“8”作为设计单元，每 8 层楼为一个结构单元，彼此接续，层层相叠，构筑整体。每 8 层都装饰一个如意造型。26 层楼外，还以中国古代铜钱图腾装饰。101 大楼的建筑风格融传统与现代、东方与西方、复古与前卫于一炉，开创了摩天大楼的新风范。我们登上 89 层观景台，因天阴雾气太重，看到整个台北笼罩在烟雨之中。

随后几天的行程比较紧张，我们沿着台湾东海岸向南部进发。大都是山路，很是崎岖，早上出发，晚 6 点我们才到花莲。在花莲休整一晚，早餐后继续我们的行程，到太鲁阁大峡谷已经是中午。这里有一条贯通台湾东西部的公路，是当年从大陆到台湾的老兵建设的。为建这条公路，20 多名老兵失去了生命，灵魂和肉体永远留在宝岛。

在往南进发的过程中，我们路过了北回归线，从这一线踏过，我们就从亚热带地区进入了热带地区。站在北回归线的标志塔边，我们遥望东太平洋，在不远处看到一个岛屿，这就是有名的台湾绿岛，也是《绿岛小夜曲》上唱到的地方。虽然歌曲描述绿岛那么浪漫、那么抒情，其实绿岛最早是关政治犯的地方。在这里，我们还看到了“水往高处流”的景致，从冥冥之中悟出，任何事情都不可定的：三十年河东，三十年河西。

在台东，我们住在娜鲁湾大酒店。酒店不大，只有3层，但设施很好，住得很舒适。傍晚时分，坐在阳台看风景，远山在眼，一览无余，山压云雾，更显挺拔。台东是个小县城，小街小路，韵味十足，适宜人居。在华灯全放之时，再在阳台观夜景，一眼望去，远山如黛，近处灯火阑珊。小城虽不繁华，但给人一种特有的宁静。无意中抬首望向星空，今天的月亮虽不圆，但特别明亮。在宝岛台湾，看到月亮，不知不觉地让人想到李白的诗：举头望明月，低头思故乡。是啊，几十年的乡愁，哪是一句诗能表达的呢，更不是一个后来人能感悟的！

经过几天的长途跋涉，我们终于到达了台湾的一个顶端——猫鼻头。在猫鼻头，看到蓝天碧海，看到白云悠悠，看到无限风光，心情激动。中午12点，我们又向台湾陆地最南端——鹅峦鼻进发。在鹅峦鼻见到的风景与猫鼻头差不多，但这里视野更开阔，让人心旷神怡。爬上沧海亭，走过海岸栈道，最后到达台湾最南端也是最早设立的灯塔。看到兀自耸立的灯塔，感慨良多。它矗立了多少年，孤独、执着，为多少人、为多少航船指引方向，让他们找到回家的路线。

到台湾，必去阿里山和日月潭。从高雄市沿着台湾岛的西海岸往北进发，车程3个多小时，我们到达了台湾阿里山脚下的嘉义市。阿里山很有名气，很早知道它是在一句歌词里：阿里山的姑娘美如水，阿里山的少年壮如山。在山下稍事休息之后，我们就直接到了当地土著居民居住的的地方——邹族部落。在这里，我们参观了部落的史志馆，听解说员讲：邹族是台湾较早的原住民，其基因与太平洋上夏威夷毛利人相同，但有怎样的关系，无人考证，难以说清。邹族是农耕与狩猎为一体的民族，以狩猎为主，农耕为辅，他们种植的金色小米，现在仍然是游客餐桌上的美食。在邹族部落吃过美味的特色午餐，我们即向海拔 2600 米高的阿里山森林公园进发。这里是台湾三大著名的林区之一，拥有各类阔叶树、藤类植物，终年遮云蔽日。听导游说，阿里山是台湾桧树主要生产地，但在日殖期间，桧树大都被日本人砍伐运回日本，现存量较少。阿里山上的铁路就是日本人为掠夺我们的资源而修。在山丘，我们还是有幸看到了一株 2000 多年的桧树，台湾人称它为神木。是啊，2000 多年，它经历了多少风雨雷电，又经历了多少世事变更，仍矗立在阿里山上，不是神又是什么！

一大早，我们从南投出发，经过一个小时车程，到达了日月潭景区。到达码头直接上船，主要是沿着日潭和月潭的中间线，快速行驶，在短短的几分钟就到了有座叫玄光寺的岛上。在岛上我无心看景色，只关注以前在一份刊物上看到的介绍日月潭边有一位卖茶叶蛋的老婆婆。上岸以后，我就向导游打听，原来远在天边，近在眼前，上岸的右边第一家就是。但以前卖蛋的金盆老嬷不在了，只有一张大照片在做广告，每个鸡蛋的价格也不一样了，已涨价 5 台币，但游客评价味道不错。这就是老品牌的魅力吧！

环宝岛一圈，我们又返回到了起点——台北，参观了台北故宫博物院。台北故宫博物院现有藏品达69万件，大都是1949年国民党溃败时从大陆搬迁过来的。看到这些品相俱佳的玉器、瓷器、书画等藏品，真切感受到了中华文化的博大精深、源远流长。当然，这些展示中，让我最感兴趣的还是书法作品。以前只能在书籍上看到的宋徽宗、苏轼、黄庭坚的作品，在这里都看到了真迹。在展示橱窗前，我是流连忘返。因为时间来不及，否则看上几天都值得。

参观完台北故宫博物院，在车上我思考了一个问题，台湾是一个弹丸之地，假如发生战争或地震等灾害，这些历经劫难的稀世之珍宝如何保护。看到这些珍宝，只有一个希望，就是两岸早日统一，瑰宝早日回家。

海 南 五 日

海南之行时间上的确定得很仓促，所以没有时间收集太多的风景介绍资料，在合肥的会议一结束，就匆匆登上飞机直飞海口。这次出行，是我第一次走向南方。经过几小时的飞行旅途，我们到了美兰机场。一下飞机，地面湿湿的，细细的雨水飘着，很快就感觉到一种潮湿的味道弥漫在南方空气中，雨水让空气很清新，这是我对海南岛的第一印象。

中国的芭堤亚——兴隆镇

兴隆是海南的一个小镇，这里有中国唯一的红衣人表演，也就是泰国的“人妖”表演，兴隆也被人们称为“中国的芭堤亚”。

到达兴隆，夜幕刚刚降临，天依然阴沉着下小雨。小镇的街道没有路灯，只有宾馆里照出来的余光和一些娱乐场所的射灯，给人一种光怪陆离的感觉。这里的房子不高，最高的也只有4层，都掩映在摇曳的椰子树下。夜色朦胧中的兴隆，的确像人妖，美艳而神秘。

兴隆真正有名的还是温泉，温泉的水质极好。第二天清晨，我一改往日睡懒觉的习惯，不到6点就独自一人在温泉边散步。泉边的空气十分清新，泉水更是碧绿可人，让人油然产生一种掬入怀中的感觉。因为时间关系，我们只能在温泉边走了一圈，带走的只有深深的遗憾。

原始村落——黎村苗寨

第二天，天继续下着小雨。上了大巴车，我们的目标就直向南方。窗外的景物飞驰，忽然，窗外隆起了一座山，导游说，这是美人山。山势迤逦，极像一美女侧卧在河边，绵绵的山构成了她优美的曲线，自然天成。尤其是在雨中，显得分外的妩媚动人。

很快地，我们过了一条名叫牛王岭的隧道，天空突然放晴，一片蔚蓝。离三亚越近气温也越高，不知不觉中“黎村苗寨”到了。放眼处，烟酒房、寮房，槟榔林立。据说这是海岛上最为完整的一个原始村落，可以看到黎族、苗族同胞，可以了解他们的生活习性。路上，导游就提醒车上的帅小伙们，少数民族的文化和我们汉族不同，如果黎族美眉看上了哪个小伙子，就会非常热情地上去拥抱和亲吻你，如果你热情回应，可就要小心脱不了身啦!

进了村寨，我们就被一群漂亮的美眉围住，要求参加村寨举行的婚礼。美眉们的热情开放，让我们这些人很难为情，一个个吓得狼奔鼠窜。唯有同行的安庆老丁老实，被一个美眉逮住不放，老丁只好半推半就地让小阿妹们在头上戴上丝巾，穿上鲜艳的民族礼服当上了“新郎”。老丁白皙的脸上始终荡漾着灿烂的笑容，相机的灯光不断闪烁，记录下老丁这难以忘怀的“幸福”时刻，直到司仪将“新人”送进“洞房”。

待我们继续前行，很难看到真正黎苗村落，大多都是卖纪念品的摊子，当然也有一些关于这些民族文化的图片展览和定时的歌舞表演。在一家卖纪念品的摊位上，我见到了一位“纹脸”的阿婆正在手工织布，织出的布被制成小包和挂毯，非常精致。听导游介绍，黎族妇女以纹脸为美，脸上和身上纹的东西越多就越受人尊敬，当然这里也有一个美丽动人的传说。

东方夏威夷——亚龙湾

亚龙湾号称天下第一湾，素有“东方夏威夷”之称。一见，果然名不虚传。亚龙湾最大的特色就是它的沙子，沙滩全都是非常细腻柔软的白色沙子，整个海滩从远处望去一片银白，像铺了一层皑皑白雪，真是漂亮极了。这在其他地方是没有的。这里的海水没有受到污染，非常清澈，因为天气很好，游泳的人很多。他们舒腰展臂，能全身心地投入大自然的怀抱，的确是快乐的事。

到了海滩，一群没有经常看到海的人迫不及待地脱鞋，冲到海边，张开双臂，恨不能将这大自然赐予的美景全部拥入怀中。一阵阵的海风卷着海浪冲到我的腿上、身上、脸上，你知道那是怎样的一种惬意吗？清新的海风能吹走所有城市生活带来的喧嚣和浮躁，湛蓝的大海让你的心灵一下变得和它一样清澈透明。这就是海的神奇和伟大吧！当我还沉浸在这份惬意和遐想中时，同行的朋友又催我离开了，临走时我没忘抓一把美丽的沙子当作纪念。

南海明珠——西岛

如果说中国是一只起舞的金鸡，那么海南岛无疑是一颗金鸡下的蛋。这里处处是宝，西岛的珊瑚贝壳，更是贝类中的珍奇，美不胜收。

从肖旗港出发，我们坐了 20 分钟的快艇上了岛。西岛不大，大概用个把小时就能环绕一周。这里碧海蓝天，椰树成林，沙滩漫步，别样南国。随着卷卷海水推上沙滩，赤着脚踩在沙滩上就能感觉神奇，沙滩上许多美丽的小珊瑚，随手可得。在沙里掏贝，会激发游人热爱大自然的情感。我想，大自然的美丽就是在此刻包容了一切眼底能感受到的美好。

西岛的娱乐项目颇多，有划橡胶船，有水上滑伞，有潜水。因为时间关系，我无心于时尚，独自一人徜徉在椰林之中、海滩之上，闻海味、听海涛、赏海景，心境甚为宁静，不知不觉走向岛的深处。椰树成荫的石子路两旁，偶尔会发现一两个成熟的椰果落在地上；海岸边黑色的礁石裸露着，伸向大海的怀抱。过了一个“鹊桥”，到了岛的尽头。隔着望不到边的海，虽然看不见西沙诸岛，但它们就散落在这周围，如果从高空俯瞰，我想一定就像蓝色的大幕嵌着一颗颗美丽的珍珠。

岛上最吸引游人的是海贝展示区，这里有一个个来自海洋中的精灵，向游客讲述一个又一个美妙又神奇的海底故事。有象征着吉祥如意、圣洁的印度神贝“白铅螺”；有寓意驱魔避邪的“海南四大名螺”；还有来自大西洋海域的展翅欲飞的“天使之翼海鸥蛤”……让游客惊叹于大自然的鬼斧神工，折服于造物主的神奇。

财源达三江——博鳌水城

到博鳌水城时又下起了蒙蒙的细雨。水城地处万泉河、九曲江、龙滚河三江入海口，江、河、湖、海、泉等各种水体融会贯通。古语“生意兴隆通四海，财源茂盛达三江”就是此地。

博鳌是一个非常值得一看的地方。这里沙丘起伏，河流纵横，水光滟潋，海天一色；椰林、沙滩、田园、岛屿、山川等各种自然景观争奇斗妍，被誉为世界上自然和生态环境保存最为完好的河流入海口。博鳌亚洲论坛成立会址坐落在万泉河边，亭亭玉立，典雅大方。成立会址有六个美丽的拱顶，象征着“高潮迭起，精彩纷呈”，代表了亚洲各国人民期盼亚洲繁荣富强的美好愿望。乘坐游船，经万泉河入海口，可登上“玉带滩”，值得一提的是玉带滩被上海大世界吉尼斯总部以“分隔海、河最狭窄的沙滩半岛”列入吉尼斯之最。我们乘坐游船，登上玉带滩。玉带滩之所以得名，就是因为它的沙子是黄色，从远处望去就像是一条巨大的金色玉带。这里的沙子颗粒比较粗大，和亚龙湾的沙子感觉完全不同，这里的海也显得更为开阔和大气。

美好的时光总是太匆匆，五天的记忆只能永远留在心中。当我们登上回程的飞机，挥手向美丽的海南告别时，心中充满了多少留恋和不舍。飞机在蓝天白云间翱翔，远处那一抹金色的霞光就是给我们最美的送别礼物吧！

烟雨外滩

说起上海外滩，不知道的恐怕很少。外滩的都市景色在我脑海里有着不可磨灭的印象，不仅仅是因为上海这个国际化大都市本身的魅力，还因为我在上海度过了 4 年的大学时光。

1999 年，我曾回到上海参加我们八九级毕业十周年同学聚会，因为工作原因，我没有在上海逗留，聚会的第二天就返程，没有参加集体游览外滩，只是在离开时留下了对外滩的匆匆一瞥。2013 年又到上海参加了一个法院方面的会议。会议结束的那天晚上，大学同宿舍的一位上海的同学来看我，说到外滩走走。天气真好，微风拂面，一轮满月挂在空中，20 多年前毕业离开上海时来朝拜过的印象依然清晰，但今非昔比，现今江边的大道更加宽阔舒适，夜幕下的外滩更加夺目、更加令人惊艳。

因为住在外滩附近，第二天晚上，我又一次来到外滩，天却淅淅沥沥地下着雨，黄浦江边的风慢一阵、紧一阵地吹，云雾缭绕在江面上。独自一人不想离去，仍然沿着黄浦江边的大道慢慢地走着，零零碎碎的往事一幕幕呈现在眼前。

记得 20 多年前外滩江边大道没这么宽，要狭窄许多，江边挤满了一对对情侣。我与一位福建的同学靠着脚力，从中山公园出发，沿着愚园路，再到静安寺，转到南京路，再到外滩，我们两人用年轻的脚步丈量了从中山公园到外滩的距离。我们俩都是第一次来大上海、第一次到外滩，那个兴奋是可想而知的，一路上说说笑笑、点点评评，留下了一段非常美好的回忆。我那个福建的同学又高又帅，相貌英俊，长得很像歌星费翔。他跟我是“三同”：同一个系、同一个专业，同一个宿舍。他人特好，毫无心计，四年大学我们成为好朋友，这大概是性格相投的原因吧。“费翔”家在闽东的一个临海的地级市，毕业后回家乡的法院工作。

一路走过，红红绿绿的灯光在烟雨中闪烁，地上一摊摊的积水反射出高楼大厦的影子，迷离而真实。南京东路尽头的江边耸立着一排排高楼大厦：海关钟楼、外汇交易所、招商银行和正信银行。上大学前，我在安徽安庆的一个乡下上学，才来上海时看见这一大群洋味十足的建筑，那叫一个震撼啊！那是我一生中反差最大的感受，以后就再也没有了，即便是工作后到纽约学习考察，看到第五大道，看到曼哈顿，我也没有那种感受。

走到外白渡桥，有几个旅游团丝毫不理会斜风密雨，兴致勃勃地聆听导游讲述着外滩昔日的故事。这里似乎每一栋楼都有一段历史。听旁边导游讲，距领事馆不远处是以前的海员俱乐部，是“卖猪仔”的地方，穷人想挣钱就来这里卖身，签下生死文书，登上外国轮船出海做苦力。桥头的一端是俄国领事馆，旗杆上飘着白、蓝、红三道杠的俄国国旗。20 世纪二三十年代，那里是苏联领事馆，那时旗杆上飘扬着苏联的国旗——镰刀斧头旗。据说新中国成立前这里曾是上海地下党心目中神圣的地方，一批批革命者站得远远地看着那面旗帜入党宣誓。外白渡桥的桥头另一端耸立着上海大厦，那高楼的形状似曾相识，记起来了，上海牌的商品上面的图案都是这幢大楼。

2013 年的那个夜晚，我与上海同学见面叙旧，就在外滩的一个临江的露天酒吧里。坐在黄浦江边，吹着习习的江风，看着东方明珠塔和周边的霓虹灯，感到非常的惬意。因为吃过了晚餐，我们都没有点什么东西，上海的同学要了一杯啤酒，我要了一杯开水，两人对坐着，细细述说过去的人、过去的事情。偶尔我们俩都安静下来，把视线转向江面，默默地注视着外滩的一片璀璨。从外滩看江对面浦东的陆家嘴，两座最高的摩天大楼——金茂大厦和金融中心大厦被云遮雾罩，不见了踪影，东方明珠塔尖忽隐忽现，江上一艘一艘轮船接二连三地开过，往出海口方向驶去。奇怪的是，这些轮船都不开灯，黑黑的船影子鬼魅般地一会儿出现一会儿消失，使金碧辉煌的浦东天际线显得十分魔幻。

烟雨夜的外滩，显得出奇的美，像一幅浓墨重彩的油画，鲜明厚重；像一首迷离朦胧的诗，回味悠长。

武夷书院感悟

到武夷山，在景观点线路上有一座武夷书院。武夷书院不因坐落在武夷山而出名，只因最早的创办人为南宋理学家朱熹。

朱熹（1130—1200），字元晦，又字仲晦，号晦庵，晚称晦翁，谥文，世称朱文公。祖籍徽州府婺源县（今江西省婺源），出生于南剑州尤溪（今属福建省尤溪县）。朱熹总结了以往的思想，尤其是宋代理学思想，建立了庞大的理学体系，集宋代理学之大成，其功绩为后世所称道，其思想被尊奉为官学，而其本身则与孔子圣人并提，称为“朱子”。

武夷书院又名是武夷精舍、紫阳书院，是当年朱熹聚众讲学的地方。如今武夷精舍不复存在，只留下两截残垣断壁。现在的书院是2004年在遗址上重建的，位于隐屏峰下平林渡九曲溪畔。书院的文气很浓，既有朱子的生平，又有他的学生创办书院的盛况；既有朱子楹联，也有朱子理学的书籍。站在书院前，看到朱子提出的“明月虚涵处，和风静养时”，我感受到万般禅意，更想到了“道法自然”的精义；还有“善为传家宝，忍是积德门”“忠孝持家远，诗书处世长”，如此等等，也让我读到了道德的呼声，听到了理学心脏的跳动。

坐在书院的台阶上，看着青山，望着绿水，还有如织的游人，我没有拉住思考的缰绳。程朱理学内涵很深，非我辈所能评论，程朱理学对中华文化影响更是深广。

历史学家黄仁宇指出中国历史上有两大问题：一是缺少数字管理，二是以道德代替法律。为何出现第二个问题，可以说程朱理学作用很大。正是倡导忠义、孝悌、廉耻、君臣、父子，道德的分贝，在我们这片土地上，总是高过规则和契约。这就引出了理学或者说是道德与规则的功能问题。我才疏学浅，说不了观点，只能用胡适先生的一句话来说明：一个肮脏的国家，如果人人讲规则而不是谈道德，最终会变成一个有人味儿的正常国家，道德自然会逐渐回归；一个干净的国家，如果人人都不讲规则却大谈道德，谈高尚，天天没事儿就谈道德规范，人人大公无私，最终这个国家会堕落为一个伪君子遍布的肮脏国家。

不可否认的是，道德是社会的底线，是我们判断是非的一个准则，但若事事都用道德评判，让道德占领人性的制高点，而让法律、规则屈尊其后，必然会导致良知的泛滥，一切公正、公平亦将不复存在。对于那些既做了好事又做了坏事的人，只有法律、规则能予以最公正的审判！

规则是高悬于我们头顶上空的达摩克利斯剑，它以最为公平而肃穆的目光审视我们的一言一行，裁断我们的一举一动。当我们难以克制心中的欲望，试图触碰并打开潘多拉魔盒时，锋利的剑刃便虎视眈眈，令我们胆怯却步，远离堕落。林肯曾经说过：“法律是显露的道德。”法律、规则依据道德修订，是道德的体现。触犯法律、规则，是对道德的亵渎。那些以道德之名行触犯规则之实的行为，本身就是对道德的违背！理性之光不能被黑暗所遮蔽，我们也不能让规则的天平在道德的影响下摇摆。每个人都要遵守规则，这是做人的根本。

道德与规则本是车之两轮、鸟之两翼，道德作为内核，规则作为外壳，社会才能持久平和地运作。很多时候，我们就是因为太过强调道德，又忽视规则建设，才导致了一系列社会问题。还是让规则的作用高扬起来，我们精神的天空才能在理性的土地上美好地伸展。

剑胆琴心

——绍兴印象

对于古越绍兴，我十分景仰。自古以来，从大禹治水到越王复国，从爱国诗人陆游到现代文豪鲁迅，使绍兴这个千年古城，充满了浓郁的人文内涵，在华夏大地上熠熠生辉、光彩动人。

绍兴山清水秀、人杰地灵。山，以会稽山著称；水，以鉴湖水名世。河网如织的绍兴，以鉴湖、石桥、大运河、古纤道相连缀，风景秀丽古朴。如此美景仙境，如何不令人赏心悦目。

这是一座阳刚之气与阴柔之美互为交融的文化古城。令人倾情的越剧就发源于古越，温婉柔媚，让人柔肠百结；而激越硬朗的绍剧，其高腔响遏行云，甚是撼人心魄。这一柔一刚，使得绍兴独具风韵。在绍兴，我更多地注目在鲁迅故居、秋瑾纪念碑、沈园等人文景观上，从中深刻地感受绍兴的大气、刚烈、温情与壮美。

知道绍兴，应当说是在中学，那是从鲁迅的作品中了解的。在一代文豪的笔下，绍兴的风土人情、环境习俗等，无不被描绘得栩栩如生、极为传神。漫游绍兴，我所看到的“百草园”，尽管荒芜不堪，物是人非，但少年鲁迅在这里嬉戏玩耍，无拘无束的生活，让人遐思飞越。正是“百草园”的温馨让先生虽远离家乡，对故土却难以释怀，在郁闷的环境下，为之写下了那么优美的篇章。“不必说碧绿的菜畦，光滑的石井栏，高大的皂荚树，紫红的桑椹；也不必说鸣蝉在树叶里长吟，肥胖的黄蜂伏在菜花上，轻捷的叫天子忽然从草间直窜向云霄里去了。单是周围的短短的泥墙根一带，就有无限趣味。油蛉在这里低唱，蟋蟀们在这里弹琴。”这一低吟浅唱，带着泥土的芬芳，带着故园的深情。试想，没有家国情怀的人，何铸民族之魂。我爱读先生的作品，但我更欣赏先生如“匕首”、如“投枪”般的杂文，虽小品文而有大关怀，是于无声处的轰天惊雷、是穿越晴空的林中响箭，令人警醒奋起。当我走在阳光灿烂的大街上，回望着庄重肃穆的鲁迅故居时，顿觉先生的精神之光照彻我的心扉。

认识绍兴，仅仅一个鲁迅故居是不够的，瞻仰秋瑾烈士纪念碑必不可少。记得那一年到绍兴学习考察时，天正下着绵绵细雨，我们一行来到了地处市区中心的秋瑾烈士纪念碑前。纪念碑被铁栅栏围着，扶栏仰望、洒泪凭吊，感慨万端。文人辈出的绍兴，柔情似水的绍兴，却偏偏孕育了秋瑾这样一位叱咤风云的鉴湖女侠。柔弱的双肩，自觉地担负起民族的苦难；刚烈的傲骨，不让须眉半分。这就是秋瑾。在生命的最后时刻，秋瑾一声绝唱，犹如电闪雷鸣、划破长空：秋风秋雨愁煞人！

时隔百年，我的心依然被这发自生命深处的绝句所震撼，深深地刺痛。在秋风秋雨中“涅槃”的凤凰，成为绍兴最壮美的蕴涵。因为秋瑾，我对大禹为治理水患“三过家门而不入”、越王勾践为复国雪耻而卧薪尝胆等古越先贤雄壮刚烈的献身精神，有了更深切的体悟与敬畏。这就是千百年来一脉相承的古越人文精神。

绍兴的刚与柔，总是以淋漓尽致的形式展现出来。无论爱与恨，都张扬到极致、表达得彻底。梁山伯与祝英台的故事，成为家喻户晓的经典爱情；而陆游与唐婉的爱情悲剧，同样令人扼腕。曾记得在一个秋日的午后，走进古越东南的沈园，我的心中溢满柔情。沈园，是梦中的爱情名园。恍惚中似乎看到，面容憔悴、肝肠寸断的年轻诗人陆游与一袭碧色绣襦、长裙曳地的唐婉执手相望、深情语噎。一杯黄縢酒无法消解满腹愁绪，唯有以诗句释尽心中块垒，这便是千古名词《钗头凤》：

红酥手、黄縢酒，满城春色宫墙柳。东风恶、欢情薄，一怀愁绪，几年离索。错！错！错！

春如旧、人空瘦，泪痕红浥鲛绡透。桃花落、闲池阁，山盟虽在，锦书难托。莫！莫！莫！

山无棱，天地合，冬雷阵阵，夏雨雪，乃敢与君绝。这是对爱的执着，对爱的誓言。然而，人世间未必是情爱的天堂，或许只是一个情爱的海市蜃楼。海誓山盟言犹在耳，人已天各一方，从此牵不到彼此的手儿，从此再不能深情相拥。落花流水空遗恨，此恨绵绵无绝期。在人世间，又有多少这样的悲欢离合让人记起。今日沈园，已不复当年况景。“桃花落，闲池阁”。在晚秋艳阳的映照下，倍显凄凉忧伤。置身其中，我细细体味着陆放翁婉丽飘逸、感情深沉的词作，不觉感慨万分。

不知何处飘来小提琴协奏曲《梁山伯与祝英台》，如泣如诉，柔美而又深情，如同这沈园曾经发生的人间真情可以用这寥寥数语使之永恒定格，梁祝故事因为戏剧、音乐而千古流芳。这与其说是艺术的力量，还不如说是至情挚爱所独具的穿透力，超越时空、绵绵不绝。

是的，在古越绍兴，我无论如何也走不出厚重而独特的人文之光的照耀与包容。阳刚之气震古烁今，阴柔之美撼人心魄。

走过草原

对于一个生活在南方的人来说，能亲身感受一下北方大草原的情趣，是一件十分美丽的事情。那次到河北承德学习，有幸领略了北方草原的风采，时时让我梦回千里。

草原的早晨是那么的宁静。天还没亮，我就被同伴们唤醒，说是看草原上的日出。晨曦中，沿着上山的小路，踏着沾满露水的小草，一行五人向附近的一座小山进发。感觉中，草原的路要比南方的路长得多，看上去很近的距离，我们竟走了半个钟头。站在山顶，东方既白。望着朦胧中的天际和连绵的群山，视野一下子开阔起来。同伴中的一位情不自禁地对着远方大喊：“我来了。”空蒙中，竟然传来连绵不断的回音。不知不觉，太阳从地平线上探出头来，慢慢地，慢慢地，好像是害怕惊扰了草原的宁静。在太阳升起一半时，草原一下苏醒了，带露的小草在微风中轻轻抖落露珠，许多不知名花儿在草丛中探头探脑，极力显现自己美艳。经过一夜的休整，清晨的草原无处不展示着一种生机和活力。

草原是草的家园，是草给草原带来了灵性和诗意。这里的草毫无南方草的软弱和缠绵，虽然不高，但始终是那样的亭亭玉立，即使将她踩倒，不一会，其仍能直立如初。如同泼辣率直的北方女子，即使遇到再大困难，也不会把她打倒。我想，这大概是北方泥土中浸润了戍边守土将士鲜血的缘故。静静地躺在草原上，望着蓝天和白云，闻着北方泥土的芳香，听着小草的呢喃，仿佛在空灵中与远古金戈铁马的勇士在诉说儿女情长。

草原是花的海洋，每一朵花都十分的别致。在这里难得看到一丛丛、一簇簇花集聚在一起，她们像繁星散落在无边无际的草甸。花的颜色也是五彩缤纷，有白色的、有黄色的、有紫色的……把草原打扮得花枝招展。每一朵花都是那样的清瘦、纯洁，让人看了生起许多的爱恋。当地的牧民们把这些花儿采下来，编成花环卖给游客，少女们戴在头上，则显得无比的娇艳和妩媚。

草原上也能看到树木，尤其是在坝上草原。这里的树既是草原上一种风景的点缀，更是对草原个性的丰富，给草原增添了无穷的魅力。草原上的树是那样的刚直挺拔，即使是枝干也是笔直和坚挺，直指云霄，极力张扬北方的性格。树或一片，或一棵，稀落地矗立着，如同一名将军正在指挥千军万马。我独爱草原上孤独站立的树，在茫茫的草原上，她并不顾影自怜，而是显得那么的孤傲。不自觉中，我拿出相机，留下了一份深深的记忆。

北方是大气的，北方的草原更是把这种大气渲染得淋漓尽致，哪怕是一花一草、一树一木。天苍苍，野茫茫，风吹草低见牛羊。这里永远是一幅美丽动人的历史画卷，让人一生难忘。

古镇大通记

“一岸青山两湾水，依门近看大江流。”

在长江岸边，在青通河的入江口处，坐落着一个风景秀丽，如诗如画，让人流连忘返的古镇——大通古镇。

对大通镇的熟悉，是我到铜陵工作以后。那几年，还没有建三峡大坝，到了汛期，大通镇就会形成“水满大通”景象。在参与防汛的期间，也就与当地人多了些交流，对大通的风土人情有一些了解。大通是一个外地人集聚的小镇，是长江边上的一个码头。因为与水相连，又是天然良港，其地形为“七水两山一分田”，所以镇上的商业和渔业很发达。1996 年的汛期，大通镇白荡湖渔业社的一名经济警察因公牺牲。我被派到大通采集该同志的先进事迹材料，陪同的是铜陵县委宣传部的一名科长，在采访过程中，我与这位科长成了朋友。科长是大通人，对古镇的历史人文非常清楚，一个月的时间，让我对大通有了更深刻的印象。

古镇很小，仅留存一条老街，几十家店铺。行走在不宽的街道上，青石板从东向西延续几百米，如同一部历史书籍，在眼前舒缓地慢慢展开。街道的两旁，徽派建筑特色明显，大都是前店后居的模式，那理发店、铁匠铺、糕点铺，还有那斑驳石灰墙上带着时代标志的标语文字，让长期生活在城市的人看到以后恍如隔世。它们的确是一件件文物，分别留存在这条不长的街道上，暗示着小镇当年的繁华，诉说古镇的前世今生。

古镇不大，但它与清末民初的历史紧密相连。清末，大通镇作为《烟台条约》的重要通商口岸，与安庆、芜湖、蚌埠齐名，并称安徽“四大商埠”。其时，隔江相望的和悦洲曾为盐务招商局、长江水师、安徽临时军政府驻地，繁盛一时，人口最多时有十多万，有“小上海”之称。在清王朝剿灭太平天国的时候，湘军将领彭玉麟率领水军镇守大通和悦洲，在和悦洲上留下了“三街十三巷”的遗存。和悦洲本不叫和悦洲，原名是荷叶洲，如同一张荷叶，漂浮在长江之上。彭玉麟驻军以后，看到小镇人口密集、商业发达，希望小镇和谐、悦达，就把荷叶改为和悦。和悦的名字也就一直沿用至今。

大通是中国历史上对外开放较早的地方。随着经济的开放，西方宗教也随之而来。当年，西方天主教、基督教的教徒昂起他高高的头颅，唱着所谓“普世”的经诗，在一个积弱积贫的国度传教布道。小镇的长龙山上，遗存有一座很典型的西方建筑，就是天主公教会的钟楼。钟楼只是一个框架，孤单矗立在山顶，如同一个年迈的老人，几百年来，冷眼在看天空云展云舒，在听长江潮起潮落。听居住在大通古镇一位老人说，那时的天主教堂规模较大，有圣堂一幢，旁侧建有大钟楼，是全部建筑的制高点，坚固雄伟，屹立于长龙山西端，面对长江；登临其顶，长江两岸的景致一览无余。但经历了岁月的变迁，原建筑物已所剩无几，只剩下这座高大残破的钟楼，成了外国教会在大通的唯一遗迹。

沿着大通老街往西走两公里，就到了神椅山下，在山与湖相依的位置，有一群佛教建筑，这就是有名的大士阁。相传唐开元年间，新罗国王子金乔觉从异国他乡来到中国九华悟道修炼，终成地藏菩萨。上山途中，他曾在神椅山落脚休息，大士阁即为九华僧人追慕新罗国王子而建，此后成为十方僧俗朝礼九华必经之地，香火十分兴旺。现在的大士阁是近年来在原址上修建起来的，它隔着慈堂湖与天主教钟楼遥相呼应，见证着东西方文化的交汇融合，成为小镇特有的人文景观。

南宋时，诗人杨万里乘船路过大通，写了一首《舟过大通镇》的诗：淮上云垂岸，江中浪拍天。须风那敢望，下水更劳牵。芦荻偏留缆，渔罾最碍船。何曾怨川后，鱼蟹不论钱。这首诗的解释是：某一天，诗人乘舟经过大通，看到大通一带风势高急，江北岸乌云低垂，江中浪涛翻涌，险象环生。诗人感叹，航行的船只经过这里，真要千万小心！即使顺风而下也不要稍纵航行，只能劳烦纤夫沿着大通这边的江岸，将行船慢慢地拖动。但是，丛生密集的芦荻太多，经常裹住了缆绳，而捕捞鱼虾的渔罾到处都是，又妨碍了船只的移动。然而，诗人并不曾有一丝抱怨，慢有慢的情趣啊，正好可以稍作停顿，好好地享受一下大通的美食。因为这里的鱼蟹实在是太多了，价钱很低，一个铜板就可以买到很多。可以看出，历史上的大通是多么富庶，鱼蟹多得不用花钱。

小镇是一江一河的交汇地，左有青通河，连接青阳的九华山；右边是浩浩荡荡的长江，境内还有白荡湖、缸窑湖、东西慈堂湖等。现在的大通，随着交通方式的改变，商业鼎盛的时期已经成为历史，但大通的农渔业依然被人颂道，因为这里不仅有长江鱼蟹，而且可以买到没有污染的蔬菜，价廉物美。每天的清晨三四点，大通的码头热闹非凡。一边是从和悦洲运过来的蔬菜和鱼虾，一边是城里来批发蔬菜、水产的商人，在一个几十平方米的空地上，谈论着农产品的质量，商量着物品的价格。因为这里的蔬菜和水产都很环保，最终都会让一批批城里来的人满意而去、满载而归。

古镇历经岁月的洗礼，在历史的长河中刻下了属于自己的印记。望着那滔滔不息的长江，我想起了一首歌：滚滚长江东逝水，浪花淘尽英雄……古今多少事，都付笑谈中。是啊，古今多少事，都付笑谈中。古镇的人还是那么的恬淡，生活不紧不慢；古镇的水依然东流，毫无忧愁地一去不复返；古镇的山依然郁郁葱葱，只不过在一年一度的落叶中成长得更加高大。

那凤凰落脚的地方

凤凰只是一个传说，与凤凰这种神鸟相伴的地方，是很有灵性的。

与凤凰联系在一起的地方，都有美丽的传说，都有如凤凰山、凤凰河的名字。

我生活过的一座皖南的城市，有一座山名叫凤凰山。凤凰山有一个传说，很美丽，也很亲民。传说很久以前，有一只金凤凰在这座山窝里下了两个蛋，孵化出了两只小凤凰。这两只小凤凰快乐成长，经过修炼终于得道，化为两位俏俊的姑娘。她们行善积德，为人间带来了吉祥安宁。有一年，凤凰山下的北陇村暴雨成灾，无法排涝，她们嘶鸣几声，洪水就退下了；西埔村春播干旱，无法播种，她们飞到空中盘旋，老天就下了几场雨，农民就可以春播了；南洲村闹瘟疫，她们化作卖药的姑娘，为民治病疗伤……哪里有灾难，这两只凤凰就出现在哪里，那里的百姓就获得了安宁。不久，这里凤凰显圣的奇闻便迅速传开了，人们也就把当地的那座大山起名为凤凰山。

凤凰只是一个传说，与凤凰这种神鸟相伴的地方，是很有灵性的。这里出产一种植物，名叫牡丹。大家知道，在唐朝的时候，牡丹可是国花，一句“惟有牡丹真国色，花开时节动京城”，把洛阳牡丹的高贵、艳丽和人们对其的尊崇推到了极致。凤凰山的牡丹可没有洛阳牡丹那么高贵，她是生长在山里的下里巴人，这里的牡丹有单瓣和复瓣两种，复瓣的大都为红色，栽培在家庭院落，以作观赏用；单瓣的多为白色或粉色。但单瓣牡丹的功用可不能小看，牡丹根部可入药，同样有“动京城”的妙用。北京同仁堂生产一种药，名曰六味地黄丸，其中一味药必须是凤凰山产的丹皮。

铜陵的凤凰山种植牡丹至少已有1600余年历史。据史料记载，早在西晋时，著名的道学家葛洪在铜陵顺安长山种杏炼丹时，就曾栽植过牡丹。据清乾隆《铜陵县志》记载：“长山石窦中有白牡丹一株，高尺余，花开二三枝，素艳绝丽，相传乃晋人葛洪所植。”被称为仙牡丹。一种植物能延续上千年，那不是仙又是什么！这里其实蕴含两种意义：其一是物种的生命力很强；其二是它的作用很大，特别是对人的帮助大，否则即使生命力最强，也会被人损毁掉。

四月时节，草长莺飞。我带着对凤凰山和牡丹的敬重，到凤凰山踏青。凤凰山的牡丹园坐落在一个山坳中，面积不是太大。进入牡丹园的道路也不好走，因为人多、车多，显得十分拥挤。进了牡丹园的石牌坊，映入眼帘的是一片片花的海洋，在山间的平地和山边的缓坡上，到处都是牡丹花簇拥着，姹紫嫣红的牡丹花张开了一个个笑脸，仿佛在欢迎着游人的到来。

那花朵，各个娇艳饱满，花瓣重重叠叠，花色五彩缤纷。在一株刚开出花苞的黑牡丹前，我停住了脚步，这黑牡丹开出的花真是黑色的吗？我问了在路边摆摊的老农，她说："哪里是黑色，是深紫色的啦！以前我们这里可没有黑色的牡丹花，只是近年为了吸引观众，从外地引进来的。"

牡丹花海中间的路都是田间小路，来往的游人都是侧肩而过。走在牡丹园的小路上，只见观园的人们，奔向那些鲜艳的牡丹花，有的指指点点，有的站在花朵前闭目吮吸花香，有的蹲在花丛之中，只想留下"人面牡丹相映红"的倩影。

在牡丹园区内，还有一棵很有名的树，叫相思树。进入景区，过一小桥，再行两百米，就到了相思树下。相思树其实是一棵枫杨树，原为两棵，分别植于小河的东西两岸，两树干在河面连成一体。远望相思树，异株同干"连理枝"，如同一对恋人交颈拥抱，情意绵绵；近看相思树，树影倒映清溪中，恰似鸳鸯戏水，给浓情蜜意的爱人们留下美好的遐想。这棵古树枝叶繁茂，像一乘绿色的华盖凌空罩在小河上，小河因树而得名"相思河"。后人把相思树和相思河演绎成了公子与小姐的情事，还被搬上了屏幕。当然，在历史的变迁过程中，当地人民一直把相思树作为爱情和姻缘的象征，精心加以保护，更有许多年轻人以树为背景摄影留念，海誓山盟，以期白头偕老。那也是一个美好传说在现实中的效应。

在凤凰山的牡丹园转了一个多小时，看到了牡丹花海，听到了相思树的传说。在回程的路上，我在思考一个看起来简单，但未必每个人都能理解的问题。一方水土养一方人，地域环境影响生存在这片土壤的物种，人也不例外。在特定的环境里生长出特定的物种，而且这些天地之精华长期哺育着人类，人也就更有灵性了。地域环境造福人类，人类创造文明，文明影响人类，人类适应环境。在凤凰落脚的地方，循环往复，周而复始。

神奇的铜陵白姜

铜陵人喜欢生姜，也喜欢谈论生姜。一次回铜陵，遇到以前的老领导，他现在是铜陵生姜协会的会长，老领导说起生姜如数家珍，成了一名研究生姜的专家。在交流中，他看到我对铜陵生姜也感兴趣，就嘱咐我写一篇有关生姜的文章。一方面老领导的嘱咐在身，另一方面本人也有少许感悟，拖了很长时间还是拿起了笔，说说神奇的铜陵白姜。

姜乃居家常备。一为佐料，无论东西南北，皆以调料用之最多。姜在调料中虽不是主角，但它是葱的情人、蒜的兄弟，在味中调情，在肉中增香。二为药用，熬成姜汤御寒暖身亦较为常见。我查了一下资料，自古以来，无论是名人大家，还是一般写手，鲜有人写过生姜。我想，或许因为生姜太过平常，人们对此不屑一顾。

小时候，对生姜有着特别的记忆。当生姜刚刚成熟的时候，我和弟弟一道，到自家种的生姜地里，偷偷拔上几棵，去掉枝叶，留下嫩嫩的根部，把它洗净后，连皮都没去，就直接切成片，洒上一点盐，等待几分钟，我们就心急火燎地吃起来。在食物匮乏的年代，这些都是偷偷摸摸干的，父母亲若知道，我们肯定要挨打或挨骂。老家的生姜是一般的品种，姜中带丝，但那种辛辣味，一直是童年最好的回忆。后来，我到铜陵工作，知道铜陵出产一种生姜，叫中华白姜。而且只有一个地方生产的姜最好，那就是位于铜陵郊区的佘家大院。

铜陵种姜的历史很长，上溯到春秋时期铜陵已经开始了白姜种植，迄今已经有两千多年的历史。相传明嘉靖年间，嘉靖帝携内阁首辅大学士周俊仪巡游池州府下辖的铜陵县（今属安徽铜陵市）。当时正值寒冬，嘉靖帝遇上了风寒，头晕胸闷。周俊仪大惊，命人寻医。后有一老者奉上老姜，姜呈乳白色。随即周俊仪按照老者建议，将此姜切片熬成姜汤。嘉庆帝服下，第二日明显感觉再无头晕胸闷之感，随即龙颜大悦："此姜乃神物也，朕常有恶疾，此白姜不可缺也。"随后，周俊仪见池州太守时说道："进贡之时，此姜不可缺也。"后池州太守入京纳贡时，献上白姜，此后铜陵白姜岁岁朝贡。

铜陵白姜是"铜陵八宝"之一，种植白姜不是一件容易的事情。在铜陵工作的时候，我到铜陵郊区原新建乡调研，在大院村遇到了一位佘姓农民，他向我传授了种姜的门道：第一道程序是选好种姜的地，种姜的地必须选择背风向阳、地势高燥、土层深厚之处，而且是三年没有种过姜的土地才行；第二道程序是整好地，要把地深挖，不说三尺，一尺是必须的，同时还要用好基肥；第三道程序是选好姜种。佘老伯说，姜种的选择必须是那种粗大的，而且没有破损的，否则，种下去也是瘟姜。听了佘老伯的介绍，才知道种姜真的不容易。每到秋季，是铜陵白姜收获的季节。姜田是一笼一笼的，望着姜禾，那与众不同的碧绿，让你想到自然的造化和神奇；那枝干挺直、枝叶如箭，如同一排排执戈的战士，在等待着出发的命令。在姜田的上面，大都盖了一层黑色薄薄的网，那是因为姜苗喜阴。看着大片的姜田，如同头顶黑伞的绿衣女人，一排排亭亭玉立在乡野之间。

铜陵白姜很是娇贵，姜如美人这形容不为过。在铜陵，腌制白姜是非常讲究的。每到白姜上市的季节，各家各户都忙着买生姜，洗瓶子，像举行一种宗教仪式。特别是给生姜去皮，那可是一件精细活。取新鲜的白姜，先用清水将表层泥土冲洗干净，还要在水中泡 4 个小时，再用陶瓷刀、竹片将白姜去皮，保证姜本身的品质不被破坏。去皮后再次经过清水浸泡后晾干，用精盐腌制一天方可装瓶，大约一周后就可以食用了。也许是从众心理，看到别人在忙活，妻子也想腌制一些，但每次腌制都没成功。后来问有经验的人，他们说，腌制白姜除去皮、浸泡、晾晒之外，关键一点是在腌制过程中不能留有生水，哪怕有一点生水，生姜都会变质。我对铜陵人腌制生姜的方法没有研究，不知道还有什么秘方。一次读袁枚的《随园食单》，在小菜单一节中看到了酱姜的腌制方法：生姜取嫩者微腌，先用粗酱套之，再用细酱套之，凡三套而成。古法用蝉蜕一个入酱，则姜久而不老。袁枚是一位吃货，对吃研究得很深。我想他教的腌制酱姜的方法不是没有道理。

我认识一位韩国的金姓朋友，他的公司与铜陵的一个企业有业务联系。每年铜陵白姜上市的季节，金先生都要到铜陵走一趟，主要是买一些生姜回去。我看到他一次要买 100 多斤，就问：买这么多干什么？他说，在韩国有高丽参，生姜与人参形状一样，也都是生长在土地中，人参可以泡酒，生姜自然也可以泡酒。每年他买的铜陵白姜都是拿到上海他岳父家，用酒炮制以后成为生姜酒。我问生姜酒可有什么功效？他说，他的岳父常年喝生姜酒，效果很好，70 岁的老人看上去像 50 岁一样，红光满面，精神得很，夸他这个女婿干了一件大好事。我不是学医的，不知道生姜有什么功效，但从金先生通过联想自创的生姜酒可以猜测，生姜中可能含有什么成分，可以抗衰老，延年益寿。

要说铜陵白姜的神奇，我自己就有切身感受。因长期在办公室从事文字工作，压力一度很大，一个明显的表现是头发掉了不少。有一天去理发店理发，理发师告诉我头上出现了斑秃。第一次斑秃，心中还是比较紧张的，不敢在单位张扬，更没有到医院去找医生咨询。回家后把情况告诉妻子，妻子轻描淡写说，不要紧张，用生姜加热，在头皮上擦就可以了。遵照妻子说的方法，每天晚上用生姜擦上几分钟，一周以后，效果真的出来了。一片光光的头皮开始长出细细的绒毛，慢慢地头发就长好了，是那么的自然。妻子说，偏方治怪病。我说，这是生姜的神奇。

地球的北纬 30 度是一个神奇纬度。铜陵位居北纬 30 度，产出的铜陵白姜必然神奇。这是自然界的神奇，也是铜陵人民创造的神奇！

有梦到徽州

对于徽州，最早的印象是在书本上读到，那是一份黑白分明的记忆。只知道徽州在江南，是一个很封闭的地方，唯一的特征就是粉墙、黛瓦，还有那江北房屋上没有的马头墙。

到了徽州，我才知道，纸上得来终觉浅，对徽州的认识是那样的肤浅，那么的虚无。徽州的内涵如果让我来形容，只能用一般的语言来叙述，徽州是在精致中涌动着大气，在大气中蕴含着中庸，在中庸中展示了文化，在文化中放飞了风情。

走进徽州，我为徽州的绝世风景所陶醉。经常坐车到基层去调研，从高速经过，徽州的山水景致尽在眼前。我感到徽州最宜从车窗向外观看，如同是看一幅风景观光纪录片：无论是晴天，还是雨天，只要黛色的群山有白云簇拥，山脚下的人家历历在目，白、黛两色极为分明，那是徽州亘古不变的风景。在莺红柳绿的三月，我行走在新安江边的小路上，看到江上渔人乘着一叶扁舟，碧波涟漪中踏水而来，载着诗意的情怀，一路雨丝，一路花香，一路是回归自然的惆怅。在我的眼前，晃动的水，晃动的心，晃动着历历与目目。只感叹，烟雨江南，如同故乡，我怎么才能掬你入怀。在江面的远处，远山蒙蒙，青烟缈缈，雾霭重重；岸边是摇曳的杨柳，三月春风裁出的新叶在清风中招手，还有那如同少女般害羞的花儿，映照出江花红胜火的热情。恍惚中，我问自己，哪里是前生，哪里是来世？轻柔的雨丝落入青石的小路，苔藓的嫩绿星星点点，我曳曳而行，难以寻到来时的方向。

走进徽州，我都会为徽州深厚的文化所倾倒。西递那座鱼鳞瓦覆盖的老房子里，应天齐的版画艺术再现了古村落的历史与辉煌，他把灵魂深处的痛，一刀一刀刻在木板上，画面背后那一片浓得化不开的乡愁是一种心痛，这种痛传染给了所有穿行于其中的游人，很自然让我想起在姑苏城外寒山寺的钟声。你试想，在那一片高低错落、古朴幽静的老房子里，钟声突然响起来，群鸦惊飞而起，枫叶片片凋零。月落、乌啼、夜半、晚钟，还有那一片凝聚历史与现实的古村落，还有那古朴祠堂及大门两边镌刻字体优美的楹联，他们不仅仅是记录历史，更是厚重的传承。在徽州，在徽州的每一处，烘托的都是一个宏大的乡愁场景，让我对古典的故乡久久眺望。乡愁是中国文化中最动人的章节，甚至可以说是中国文化的根。把灵魂皈依在故乡的怀里，一代代文化人就这样在思乡的背景下痛苦呻吟。那鱼鳞瓦上的片片乡愁，都已一点一滴渗入我们的文化、渗入我们的生命里，成为我们人文精神中最诗意、最动人的部分。

徽州的山，山山相连，山上是一望无际的松涛竹海；徽州的水，水水相接，水边是清澈见底的卵石浅滩；徽州的田，高低错落，层层如梯；徽州的人家，在山一侧，在水一方。我喜欢徽州的山水，喜欢在文化与自然交融的山水间穿行，那是故乡的情结，在一片青山绿水之间，看到一处处鱼鳞瓦覆盖的黑顶白墙的古村落，无边的乡愁就在心中涌动。我要寻的就是这种感觉，它与我心里的一种疼痛相对应。乡愁就是这种生命深处的隐痛，它总在细雨的黄昏，折磨着无法回归家园的人，不管这家园是地理上的还是在心理上的。如今，只要踏进徽州的土地，我就有一种恍如入梦的感觉，一见到老房子上的鱼鳞瓦，我就会把它当成家乡的屋顶，心中就会升腾起一缕又一缕思乡的愁绪。

行走在徽州的山水田园，穿行于徽州的小街深巷，一声叹息在耳边长萦不去，那是历史的感叹，那是今人的唏嘘。一个荷锄而归的农人走了过来，又了无声息地走了过去；走在徽州的土地上，也走在故乡的记忆中：田园、夕阳、牧归，小桥、流水、人家。看着农夫渐渐远去了的背影，我忽然想到一篇文章里写道："他们很少去打扰别人，也从骨子里不愿被别人打扰。"

徽州，是梦里的家园，有梦的人还是到徽州走走，她不仅给人安详和宁静，更带来放飞心情的愁绪和诗意，还有那一阵阵思乡的回忆。

春行卖花渔村

一直以来，对卖花渔村有一种向往，而这种向往很朴素，朴素的原因来自卖花渔村的美丽名字。一个村子怎么会把花与渔结合在一起，我想，一个地方有神奇的名字，必然隐含着某种神奇的故事或密码。

在行前，我在网络上进行了一番百度搜索，才知道卖花渔村的来历。卖花渔村，本名洪岭村。位于歙县城东南 7 公里，新安江南岸沟谷腹地。唐末洪氏迁居于此，逐渐形成村落。村形如鱼，村头尖尖状如鱼嘴，村腰渐宽如鱼肚，村脚房屋向两翼展开，如鱼的剪刀尾。村人姓洪，喻水汹涌，鱼得水则生机盎然，故在鱼字边加三点水，称渔村。又因村民以种花、培制花桩、制作盆景为业，卖花为生，遂称“卖花渔村”。

二月的江南，草长莺飞。带着好奇、带着疑问，在朋友的陪同下，去探访新安江畔的隐世古村——卖花渔村。这里真是一个被大山所围的隐秘之地，也是一个让人惊艳的梅花仙境。

新年的气息尚有余温，这里的早春便已悄然而至。虽还没有桃红柳绿，但卖花渔村的各种梅花，却已热热闹闹地开了起来，漫山遍野，漫满庭院，很是灿烂。

行走在古朴幽静、芬芳四溢的卖花渔村布满绿苔的曲径上，望着那秀山、丽水、枯藤、老树、奇花、异草浓缩与升华在大不盈尺的盆景之中，如读一首首无字的诗，如同观赏一幅幅立体的画。步移景异，景随人迁，既给人以美的享受，又引人沉思遐想。小路的转角处，经过风雨洗礼的木门板前挂着火腿腊肉，房前屋后、墙院里、阳台上摆满各种梅花盆景。“眼见人家住深坞，梅花绕屋不开门。”大概正是描绘此时此景。梅花与水韵一起在古道纠缠，花香与腊味一起在深巷荡漾，故事与雾霭一同在山村缭绕，所有的景致都让你有时光倒转的错觉。

这个像花一样美丽的山野小村，世世代代以种花和培植盆景为业，种花历史已逾千年。在观赏之余，我们走进一位姓洪的农民家，他非常客气地给我们让座、倒茶。洪老伯很健谈，他不仅介绍自家的盆景，还与我们谈起洪氏家族的历史。洪老伯告诉我们，卖花渔村有 200 多户，大部分人都姓洪，从唐代开始就开始种花、搞盆景。最早的传说是唐乾符六年，也就是公元 879 年，村民洪必信在自家的房子右边建了一栋小楼，在房前屋后种植梅花百株，而且造型不同，先主要是自我欣赏，再开启了卖花渔村种花的千年历程。在洪老伯的院内，有一株桂花盆景，从正面看并不神奇，但从背面看，原来是一块 200 多年的桂花树上的树皮，宽阔的树皮上，郁郁葱葱，枝叶繁茂。这些足见卖花渔村人在种植盆景方面的功力，也让我们看到了1000多年来的遗存。

在卖花渔村的村史馆，我们虽然是匆匆而过，但对他们的历史有一个简要的了解：卖花渔村种花、做盆景起源于唐代，兴盛于明代。明代中叶，徽商十分繁盛，很多徽商在原籍宅院多建花园，广植花木，立假山，置盆景，装饰无不精致，自然使盆景的市场更加繁荣。到明末时期，徽州盆景已自成一派，后又受新安画派影响，形成以苍古、奇特、刚劲、自然见长的新安派。徽州一带居民运用“咫尺千里，缩龙成寸，小中见大，虽假尤真”的艺术和培植手法，使徽派树桩盆景锦上添花。卖花渔村最能代表徽派盆景艺术特色的还是徽梅，又名龙桩，以古人“梅以曲为美，直则无姿”的评梅理论作依据，把梅桩自幼扭旋，左右弯曲，刚柔相济，冉冉而上。如今，这些徽派盆景不再是藏在深山人不识，很多已经走入了北京、上海、杭州等大城市，走进了寻常百姓的家庭。

在我们准备离开的时候，突然听到一阵锣鼓声，循声而去，在村里的一个小广场上，有十多个人正在跳一种看不懂的舞蹈。他们上身穿着黑色衣服，下身穿着绿色长裤，头扎丝带，我问一位当地的农民，原来他们正在表演傩戏。傩戏是流传在安徽皖南一个古老的戏种，“傩”乃人避诸难之谓，意为“惊驱疫疠之鬼”。巫傩活动在生命意识上满足了信仰者的心理要求，巫傩之风的传承与流布自然融入习俗之中，即使到现代，在徽州的古村落仍以传统文化的形态存留于民间。在他们演出休息的时候，我主动向一位表演老者请教。他说，今天表演的是《钟馗醉酒赏梅花》，寓意是钟馗给卖花渔村的村民驱邪消难，为每一位游人送上一份幸福和吉祥。

在回来的路上，我想，卖花渔村本身是一个在深山里的盆景。卖花渔村的美，美在令人浮想联翩的村名，美在那些“无声诗、立体画”的盆景佳作，美在村民们把对美好生活的热爱、对未来的憧憬浓缩在尺寸之间的造型之中，美在那傩戏送上的祝福和锣鼓声中。

秀梅写意

高松出众木
伴我向天涯

雨中走坡山

到徽州工作前，我知道黄山、西递、宏村，而且慕名去过，这都是一些大名头的景点，而且写这些地方的文章很多。其实，在黄山、在徽州，藏在深山人不识，风景十分优美的地方很多，歙县的坡山就是一处。

坡山村位于徽州歙县的杞梓里镇，是歙县南乡的一个大山里的村庄。初秋的一个下午，在朋友的陪同下我去了一趟坡山。因为受台风的影响，天正下着中雨。那天，我们冒雨从杞梓里镇出发，沿着324国道，在苏村向左拐，进入往坡山的小道。这是一条山间乡村道路，仅能通行一辆小车，车在山道上慢慢地盘旋上升，虽然进入了秋天，但透过车窗看两边的树木仍青翠欲滴，闻到从桂花树上发出的阵阵清香，的确有一种沁人心脾的感觉。

车行半个小时，我们在两山之间的一个垭口下了车。在山崖边，我在雨中欣赏一边崖上“梦幻坡山”四个行书大字时，同行的几位同志已经大叫起来：太美了，太漂亮了！我循着他们的目光看去，在这高处，看到眼前那是一片波澜壮阔的云山雾海。陪同的凌镇长是位女同志，很善谈。她说，坡山四面环山，谷底的昌源河四季水源充足，形成了坡山独特的地理小气候，水汽很容易聚集，雨后极易形成云海。

站在坡山的山顶看风景，我被壮观的云海云雾景致夺去了眼球。一幢幢农家小楼点缀在青山绿水之间，如同海市蜃楼，俯瞰着缥缈云雾中的山川和房屋，宛如人间仙境。秋雨依然在下，但没有影响我们欣赏美景的心情。看到那云海，时而平静如镜，时而波涛翻滚，时而雾流一泻千里，持续的云海缠绕在群山的腰间，气势十分壮观，给人一种“村在云中，云在村中”的美妙景致。

当我们走到坡山顶上的四季海农家乐的时候，天空慢慢放晴。在农家乐门口广场的回廊边，一群外地的游客架起了长枪短炮，正在捕捉瞬息万变的美景。一阵雨过，一阵清新，坡山的空气更加湿润，闻起来有丝丝的甜味。不知不觉已经傍晚，这时一幅壮丽雄浑的大片突然上演，西边天空不知何时出现的一道彩虹，接着又出现了第二道彩虹，两道彩虹伫立在天地之间，让立体的坡山如同仙境，如梦如幻，真是奇妙无比。这时，天空晚霞透过云层射下来，山峦层林尽染，绽放摄人心魄的美丽，如同一张精美的设色山水国画，全方位展示在人们的面前。一位上海的游客一边在抓拍，一边与我们交流，他说，坡山真是如同仙境，来了就不想走！

看到我们对坡山的美景赞不绝口，凌镇长说，坡山开发的时间不长，但这里四季都是美景，四时都是风光。的确，坡山春天有油菜花，夏天有向日葵，秋天有贡菊花，冬天有雪景、油茶花等。特别是到了春天，这里漫山遍野都是油菜花，一片金黄的油菜花，蜜蜂到处采蜜，一踏入坡山，就会感到春天的气息迎面扑来。她希望我们在春天再来欣赏坡山的油菜花、映山红的视觉大宴。

秋天是收获的季节。坡山的秋天却融入了春华和秋实。漫山遍野的绿色中虽然染上了少许的淡黄色，茂密的植被仍是那么的翠绿鲜活，在云雾之中，依然保持着春意盎然，展现出勃勃生机。在农家的小院里，有刚刚从地里摘下的南瓜、玉米、柿子、红薯，五颜六色；有收获的黄山贡菊，金灿灿的，甚是养眼；有从树上打下的山核桃，正泡在水中脱皮……虽然收获不是很多，但品种还真不少，每家院落都给人一种满满的秋实。

坡山不出名，游客还不多。看到三三两两游客在雨后的路上散步，如同是坡山晚归的山民。他们是那么的悠闲，是那么的惬意，我不知道到底是坡山的美食留下他们，还是坡山的美景留住他们？我想，也许两种原因都有吧！

雨中走过坡山，时间匆匆，留下的印象非常美好。离开坡山时，夜色已经降临，望着朦胧中的群山，还有那山脚下川流不息的昌源河，我想明年的春天一定再来坡山。

天上村落木梨硔

到徽州，一定会想到徽州古村落。徽州大地上散落着很多古老的徽派村落，这些村落大都有数百年以上的历史，出名的要数宏村、西递、呈坎、唐模等。

刚到江南山城工作，与一位文化界朋友交流。朋友告诉我，在黄山，在徽州，比西递、宏村美的古村落很多，大都在崇山峻岭之中。他说，在休宁县溪口镇，有一座海拔近千米的苦竹尖山，苦竹尖山的半山有一个像驼背的斜坡上，有一座非常美丽的袖珍村，名字叫木梨硔，是徽州古村落中海拔最高的村子，时时呈现“村在云中、云在村中”的美景，有天上神秘之地的美誉。

人都有感性的一面，听到美丽地方，还是天上神秘之地，心总是向往的。选择一个国庆假期，我与妻子一道，前往想象力无法达到的人间仙境。在临行前，做了一点功课，在黄山市地图上，我没有找到叫木梨硔的村落，所以上网搜索，还真的有描绘木梨硔自然和人文的资料，网上大都是美丽的图片，文字描述大都是游客随性而发，比较随意，模式单一：木梨硔位于黄山市休宁县溪口镇，三面悬空，翠竹相拥，古风古韵浓郁，以云海中的高山古村落而著称。木梨硔自然村历史可追溯至明万历十五年，距今已有430多年。这里居住的村民原姓为环氏，因家族犯案，迁逃于此，后改姓为詹。现在居住的村民更少，年轻人大多到外地打工，留下的是一些老人。这里的村民引山泉水入户，养鸡种稻，卖竹为生，过着自给自足的闲适生活。

过溪口，行进道路越来越窄，我们如同走入了绿色的世界，道路左边是一条小溪，右边是植被极好的青山。车行半小时，就到了通往木梨硔更狭窄的小路。因为是假期，来木梨硔的游客很多，车辆严禁入内，我们只好弃车步行，一个小时后才到木梨硔的山脚下。上山的过程更是艰难，山道是简单的土路，在陡峭的地方用木头嵌成台阶。我们沿着Z字形山道向上攀登，中途休息了好几次，到达山顶时已经是汗流浃背，一座不大的村庄就在面前。进入村口，首先映入眼帘的是几块菜地，菜地不规整，但都打理得很整齐，菜地里种有青菜、萝卜等，在菜地的围埂上，长着青草和一些不知名的小花，为村庄增添了一洼洼绿色。进村小路的右侧是一片毛竹林，一棵棵粗大的毛竹生长在斜坡上，很是挺拔和茂密，如同村口站立着一排士兵，在守护村落的安宁。

村子的房子大都是平房，没有白墙黛瓦徽派建筑特色。房子外墙大都是用石头垒起来的，由于年代比较久，外墙陈旧斑驳，显得很有年代感。房与房之间大都是相连的，在小小的山顶上显得很是拥挤。村里的道路比较狭窄逼仄，有的仅仅容得下一人通过，有一点空地，也被村民用石头围了起来作为自家的属地，用于堆放柴火杂物，可见在木梨硔是寸土寸金。木梨硔的一些房屋经过简单的装修，门前挂上了大红的灯笼，大都变成了农家乐，名字看起来很有文化味，如木梨农舍、徽居客栈、山里外婆，很是吸引游客。也有农家乐没有店名的，在自家堂屋或门前摆上几张桌子，谈好就餐价格，把游人请进来，在游人的提议下，村民提供食材，由客人自选、自烧，如同走亲戚一样，十分亲切自然，充满着浓浓的烟火味。

木梨硔的商业气息不浓，村民老实淳朴，没有拉客习气，即使门口摆了徽州的土特产，也不会叫卖，只在等候游人谈价购买。老人们端坐在屋檐下，安详地看着来来往往的游人，脸上露出淡定的笑容，我不知道他们是在看热闹，还是用他们的方式和淳朴欢迎远方客人。那天游人很多，远的有上海、江苏、浙江的，近的有芜湖、马鞍山的，下山了一队，又上来了一班，熙熙攘攘，来去匆匆，很是热闹。因为临近中午，看到飘香的腊货和新鲜的蔬菜，一些游人留下就餐。在木梨硔观景台边上，我遇到了几位南京的游客，看上去他们是一家人，一位男士在厨房里面忙活，村民在为他打下手，其他几位游人如同在自家门口高谈阔论、开怀畅饮。我问他们，这里的菜味道怎么样？他们说，这是在城市里吃不到的味道，是家乡的味道！

徜徉在村庄的小路上，呼吸清新的空气，享受清凉的山风，望着远山和近景，山巅如波澜起伏，白云伏边，近浓远淡，的确给人一种神秘的感觉。手扶围栏，静立村边的悬崖旁，如同进入了一个禅意的世界，虽没有丝竹管弦之雅乐也谈不上钟鸣鼎食，尚有四周热闹的人群和自然家常之厨音，更有修竹枫叶近前，让我洗去了城市的疲惫和恍惚，获得一时的心旷神怡。我体悟，美是一种尺度，不计张弛，静静谧谧，略显风雅。

听同行的朋友说，到木梨硔看景最有感觉是雨后，雨后的木梨硔，云海飘逸，变化莫测，俯视群山，宛如仙境。我们到木梨硔时，这里已经一个月没有下雨了，云蒸霞蔚的美景自然与我们无缘。其实，到木梨硔最好的时节是在深秋，网络上深秋木梨硔的图片很多，那个美确实让人心醉。听一位村民说，秋天的木梨硔景色十分迷人，不大的村落被五颜六色包裹，翠绿的竹林，金黄的银杏树，火红的枫叶，村民晾晒的各种农作物，色彩斑斓；如果在中午，袅袅炊烟升起，整个村子如梦如幻，深秋的景致会展现得淋漓尽致。一行登山，跋涉艰辛，没有看到云雾绕村庄，没有看到深秋极致美景，留下的不是遗憾，而是下一次的念想。在下山的时候，我遇到一位来自芜湖的老太太，老太太 70 多岁，精神头很足。她说，这个地方的风景真的很美，遗憾是没有看到云海，只想期待明年选好时间，再来看看。

徽州的木梨硔，农田阡陌，小石人居，天上人家。站在木梨硔高高的观景台上，看着四周的远山和浮云，我想到了陶渊明笔下的世外桃源："土地平旷，屋舍俨然，有良田、美池、桑竹之属。阡陌交通，鸡犬相闻。其中往来种作，男女衣着，悉如外人。黄发垂髫，并怡然自乐。"孤悬于皖南深山之中的木梨硔，是那么的寂静、安宁、美丽；那里的村民又是那么的泰然、淳厚、无争，我佩服古人选择生存的智慧，这里不仅是世外桃源，更是天上的村落。

到木梨硔，行色匆匆。我在想，有那么一天，独自来到天上的村落，从那观景台万仞崖边采一束红色的山花，捧在胸前，念在心里，就这样尽情地融入清风云海中，脱离世俗烦恼，洗去心中杂尘，观云卷云舒，看雾消雾散，那会是人间快意之事！

行走在徽州古道上

徽州在皖南，在崇山峻岭之中，可以说，环徽皆山也，而且是山山相连，绵延不断。在峰峦叠嶂的群山之中，有一块平地，静静卧在新安江畔，这就是休屯盆地。在刀耕火种的年代，古徽州是一个桃花源，这里的土著居民很少，后来经过历史上的三次大迁徙，北方的大姓望族来到皖南，营造了徽州的一片繁华，也孕育了著名的徽文化。

人进来了，还要走出去。一代代徽州人靠自己的智慧和力量，开拓出了通向各方的古道。这些崎岖山路大大缩短了出山的路程，一批批徽州土产，经过古道源源不断运往全国各地；一代代徽人也从古道走出大山，走向江浙，走向湖广，走向全国，去寻找更为广阔的天地。用一位徽学专家的话说，徽州古道是徽州人民的生存之路、创业之路、经贸之路，也是人生之路、文化之路、寻梦之路。徽州古道承载了无数徽州人的梦，是徽州文化向周围地区辐射的神经脉络。

要说古道，在全国来说可能属徽州最多。徽州范围不大，但现存的大小古道有100多条，古桥近千座，其中保存较好的有徽杭古道、徽浮古道和徽安古道，而规模较大、保持完整、富有历史考证价值的古道就有20多条。徽州的古道是故事，也是传说，记录了人文、承载了历史，如同一部厚厚的历史山水画卷。听田野考古的专家说起徽州古道，那是津津乐道，滔滔不绝，与古道相联的故事是一个又一个。的确，徽州古道的故事太多、太多。

一个闲暇，在朋友的陪同下，我去了徽安古道。这条古道是徽州到安庆的道路，从歙县沿徽浮古道至祁门县城，再由祁门县城北上，越过崇山峻岭的牯牛降，就可以到达池州、安庆。其实，徽州古道是道路相连，分段命名的，从主道又分出很多的支道，通向不同的目的地。从徽安古道向北先是衍生出徽池古道，我们步行探幽的其实就是徽安古道的一段——徽池古道。

在这条古道上有个叫榉根岭的地方，看过曾国藩家书或传记的，都知道这个著名的山岭，一定程度上可以说这个榉根岭承载过晚清的命运。清咸丰年间，曾国藩坐镇祁门，指挥清军攻打当时被太平军占领的安徽省府安庆，在榉根岭与太平军交战，此战尤为激烈，事关清王朝的生死存亡，成为曾国藩军旅生涯中最为险恶的一段经历。如果没有榉根关的险要形势作为屏障，以太平军的数量和战斗力，一举攻入祁门，攻下设在祁门洪家大屋的两江总督衙门也有可能，那么历史就要改写了。险峻的榉根岭为曾国藩赢得了宝贵时间，助其挣脱了险境。时年八月，曾国藩举兵攻打安庆，安庆之战的大捷，让太平天国都城天京西侧门户洞开，太平天国的命运从此逆转。

站在高高的榉根岭上，烟雾缭绕下的古道看上去就是一种叫作世外桃源的美，看到这里的一草一木安详地在深山里寂静生长，再也看不到血流成河、尸横遍野的情景，再也听不到那喊声如雷、杀声震天场面。看到眼前的山林草木，碧水蓝天，我感悟人生就是一种修行：在天地之间，人是非常渺小的，无论是杀戮，还是行善，都只能是一时的存在，只感叹：青山依旧在，几度夕阳红！

徽州古道是一幅精美的山水画，我们一行也就成了画中人。洪岭古道是通往池州、安庆古道的一部分，起点在祁门县大坦乡大洪村燕窝组，是保存得较好的一条古道。古道的入口是一个村子，我们绕过一片粉墙黛瓦，一道悠长的斑驳青石板映入眼帘。进入幽幽山道，恍如进入了一个充满神秘、充满传奇色彩的原始森林。在这片被各种绿色包裹的山间，再往上攀登去，站在台阶上回望，看到村庄外北边的几户房屋，因年月久远，坍塌的墙面在天地之间似乎摇摇欲坠。头顶上是苍鹰掠过的碧蓝天空，灌木丛中总能闻到青草芳香，四周的山岚寂寥地守望着这里的一切。行走在蜿蜒曲折的山道上，我们一路上爬高下低，看到的是高大灌木，青葱的丛林，茂密蔚然，阳光偶尔从枝丫中穿出，虽然是夏季，汗流浃背，但山风习习，却让人感到阵阵凉意。

古道年久失修，已失去了道路的功能，两旁早已被丛生的杂草所掩盖，越往高处越难行走。脚下的青石板台阶一直向上延伸，被踩得光滑的青石板泛着青光，在走走停停中，仿佛古道没有尽头。走了一个小时，我们再望走过的古道，感到如同高人手中的画笔，轻轻一墨，雅致的山山水水尽在眼前：山道、林间、溪流，有小桥流水，有古亭翼然，有田舍成行，更有故事和传说，等待人们翻阅和欣赏。在山顶一座古色古香的亭子里，我们停下休息。站在四面通透的亭子间，放眼眺望——落日已到达西边的山顶，斜阳映照远山，山色更为葱茏，在不远处穿过袅袅炊烟，渲染了一丝丝诗意，更增添了山野的苍茫和寂静。徽州古道匍匐在连绵起伏的群山之间，与自然紧密相连，和谐相融，构成了一幅独特而神奇的风景画。置身于徽州古道，望山清水澈，感心旷神怡，别有一番情致。

如果从自然的角度看古道，古道是窄而小的，如同一根细细的羊肠，看到的是残垣断壁、荒芜凋敝；如果从人文的情怀审视古道，古道厚重而悠长，在历史的时空苍茫中，它承载了徽商的悲伤和喜乐、落寞和梦想、忧愁和幸福。

回到城市，沿着新安江，走过嘈杂的屯溪老街，我仿佛看见一队队古徽商，在“前世不修，生在徽州；十三四岁，往外一丢”的吟唱中，肩扛马驮，踏上徽州古道的背影，他们送走的不仅是徽州的特产，更有徽州的文化。

徽州新田扶贫行

到徽州工作前，我不知道徽州有个叫富溪的地方，更不知道有个叫新田的村子。一天，我问负责协调扶贫工作的同志，我们法院的扶贫点在哪里，他告诉我，在徽州区富溪乡的新田村，是著名的茶乡，中国十大名茶之一的黄山毛峰就出产在这里。

那么，富溪很有名，经常喝茶或喝黄山毛峰的人都知道徽州的富溪，只怪我孤陋寡闻。听了同事的介绍后，我马上到网上进行了搜索：富溪乡在徽州区的北部，东边与歙县许村接壤，北边是黄山区的汤口镇。富溪是毛峰茶的原产地，新田村又是核心产区。

第一次到富溪新田，是在春节前到我联系的农民家里慰问。过潜口，就进入了徽州北部的山区，道路不仅窄了许多，而且就着山势，变得蜿蜒曲折，像一条长蛇向大山深处游去。车沿着这条山道往大山里行驶，看到这片乡野的景致别具一格，看到这里的晨光更是明媚。从车窗往外看，两边高山的植被浓郁葱茏，满目苍翠，那种绿色带有一种原始狂野味道，无论你接受不接受，都直逼你的眼帘，让你有一种赏心悦目的感觉。因为是早春，溪中的水流不大，但清澈见底，尤其是青山倒映溪中，如同一块长长的碧玉嵌在两山之间。

车行一个小时，我们到达富溪乡政府。乡政府坐落在一个缓坡上，背靠大山，面对富溪。乡政府的门前是一个大大的广场，广场上虽然有绿化，但与周围的群山相比，显得有点单薄和寒碜。广场上有一座不高的半身塑像，富溪乡的林乡长告诉我，这是徽商谢正安的塑像。谢正安的名气在清末可不小，他出生在富溪的漕溪村，不仅是黄山毛峰的创始人，而且是“谢裕大”商行的创立者。谢正安有徽商的精明和干练，从光绪元年在徽州漕溪开办“谢裕大茶行”，到把茶行业务扩展到上海等地，成为徽州六大茶庄之首的时间也就花了几年的时间。据《祥字阄书》记载：谢正安除去未作价产业甚多外，家里积累有价产业达到 5 万元，宝银也有 3400 两，可见，他在当时是富甲一方。在上海的虹口区，现在还有一条漕溪路，听漕溪村的老百姓说，这条路就是因为谢裕大茶行和谢正安在此经营而命名的。

新田村位于蛇形山道的尾部，是富溪乡的一个偏远山村，虽然叫新田，但没有看到面积超过一亩的田地，足见皖南地区山多田少。我们再从乡政府出发，半个小时到达了富溪的新田村部。新田村的村部是一座三层楼的建筑，坐落在三岔路口，在群山环抱之中，这个建筑很不显眼。从村部向右拐进一条细小的山道，乘车十多分钟就看到了一群白墙黛瓦的建筑，散落在一个山坳之中，这就是新田自然村。新田自然村是隐匿在群山中低调的乡村，高山环抱中独有一份自然清新的灵气，这里与野花、森林、清泉、山雀相伴，沐浴在云雾中，沉醉在阳光里。

新田自然村的民居依山而建，在村中有几条弯弯曲曲的沟渠，渠中流淌着清清的泉水，都是从村庄背后山上流淌下来的，由沟渠再向下，汇入村边一条不知名的小河，再向下，流入富溪中。行走在村间小道上，看到广阔茂盛的茶园，这恬静自然的风景，恰与周边古朴的人文景观交相辉映。

到富溪，进新田，不是欣赏风景的，也不是考古求证什么的，而是带着扶贫任务来的。在村书记的引导下，我们到了蒋永顺家。他家建在一个山坡上，到他家要爬几道台阶。他家有三间正屋，在边上还有两间用于厨房、储藏的偏房，正房的外围是砖混的，内部全部是木质结构，这可能与山区的木材多相关。我在皖北工作过，到过一些农户的家里，感到与皖北农村相比，皖南农村的住房还是不错的，虽然家里有些凌乱，但不失家庭的温馨。

蒋永顺是一位黑瘦的山里汉子，个头不高，但很精神，会说普通话，与他交流没有困难。他告诉我，他家有三口人，夫妻两人和一个女儿，一年的收入有两万多元。我问他收入的来源。他说，茶叶每年有一万六千多元，看护香榧树苗每年有几千元，再加上养猪的收入，两万元没有什么问题。他告诉我，他们家主要是因为妻子生病，压力较大，每个月妻子都要到镇上的医院住院，虽然有大病统筹，但个人还是要拿一部分，家里只有他一个人干活，想挣更多的钱就很难了。我问到他的小孩，他指着墙上贴的奖状，说小孩在徽州区潜口镇中学上初中，学习成绩不错，年年都得奖。说这话时，他脸上露出了一种满满的自豪和幸福。在临别的时候，我走到他家的厨房，看到在灶台上放着一碗没有吃完的豆腐和一碗剩下不多的苋菜。我问他生活怎么样？他说温饱没有问题。看到他家的生活，我心中充满慰藉，也为扶贫工作点赞。

在另一个山坡上，居住着八十多岁的蒋明花老人。老人身材矮小，身高不足一米五，走起路来一拐一拐的。看到穿着朴素、满脸皱纹的老人，如同看到自己的祖母。老人的老伴前几年去世，家里实际有三口人：她、儿子、孙子。儿子因为离异出走在外，一直没有音讯，对家里的事情不管不问，现在只有她与孙子两人相依为命。孙子在潜口镇中学读初中，她一个人居住在三间房子里，显得很空旷。见到我们到来，老人非常客气，不仅拿出了自产的花生，而且要倒茶，这可能是徽州人的待客之道。与老人交流不太顺畅，老人说的是一口徽州的方言，我几乎听不懂。在随行人员的翻译下，我还是听懂了大概的意思。老人家不担心吃的和穿的，她担心的是孙子以后的学习和生活。她说，现在扶贫政策好，不愁吃、不愁穿，生病了也不怕，种茶一年也有几千元的收入，但儿子不争气，孙子又很小，自己年岁已高，又有风湿病，总要老去，以后孙子怎么办？在交流中老人把裤腿拉起，看到她的膝盖关节肿胀变形得很严重，仍然要打理自家的田地和茶园，感受到老人家着实不易。在叮嘱法院驻点帮扶干部多关心老人的同时，我们只能简单安慰几句，心有牵挂地离开了老人家。

一方水土养育一方人，大自然给这里的人们带来了恩赐。这些勤劳朴实、忠厚善良的乡民，在这方土地上，用自己勤劳的双手，托起了大山里的一片天空。

在回程的路上，我陷入了沉思。这些很少走出大山的人们，虽然他们有的还不富裕，有的还有一些困难，但他们没有失去精神，没有怨天尤人，而是依附很少的土地、依靠美丽的山川默默生活。徽州山川秀美，文化底蕴深厚。作为徽州一部分的富溪新田，更是有着好山好水，有着勤劳善良的人民，有着丰富的资源禀赋。我相信，这里的扶贫之路会越走越宽，富溪会很快富裕起来，新田的生活会更加甜美。

徽州最雄村

2019年，我到歙县调研乡贤法官工作室，去过一次雄村。在与两位雄村的乡贤交流时，他们张口就能说出朱熹、戴震的名言，感到这里的人的确不一样，很有文化，给我留下非常深的印象。

一个周末，与因疫情防控久居在家的刘纯斌先生电话相约到外面走走。是的，春节过后因疫情防控，蜗居了一个多月，我们都想出去看看，否则真是辜负江南的大好春光，一经合议：去歙县雄村看桃花。

雄村离市区不远，乘车从屯溪出发，20多分钟就到了雄村的村口。虽然是第二次来雄村，但还是不知道东南西北。在村民的指导下，我们沿着村里一条较宽的道路，步行到雄村景区。其实景区是一个比较大的广场，有几处文化遗存与民居、农家乐混杂在一起，算不上正规的景区。走进景区的一道小门，左边是一座牌坊，是雄村五大牌坊中的一座，牌坊的后面是一栋四合院样式的两层楼房，中间有一个像天井的地方。这个楼房看上去不起眼，但在中国抗战史上留下了浓墨重彩的一笔。据说这个两层的楼房是当年抗战期间军统戴笠在雄村设立中美讲武第一班的地方，几年时间培训了 8000 名特工人员参加抗日救国。这栋楼的边上是一家名叫“曹家大院”农家乐，老板是一位热情好客的中年妇女，我们向她打听抗战时期在雄村的历史。她告诉我们，中美讲武第一班的旧址是在这里，以前的范围比现在大得多，由于年代久远，一些房子倒掉了，被人占去建了私房。后来县里招商引资，一位山东的客商把留下来的几间房子租下从事文化产业，现在已经没有当年的规模了。她还说，每年都有一些年迈的抗日老兵在子女的陪同下，来到当年受训的地方，看到眼前的情景，为毁坏的遗存感到遗憾。从这位中年妇女的脸上，我也看出她对没有保护好历史文化遗存的无奈和惋惜。

在广场的右边，紧邻的是新安江上游——渐江，江边有一条坝埂，上面种有十多种桃树，是徽州人都知道的“桃花坝”。虽已进入早春，天气还有微微的寒意，在那桃树灰色的枝条上，不知何时抽出了绿色的嫩芽，树枝间点缀了一些淡红色的花蕾。看到我们的遗憾，一位村民说，因为天气原因，今年的花开有点迟。看着一片桃林，大部分正在含苞待放，只有那么几朵有点等不及，正在绽蕾吐蕊，如同少女犹抱琵琶半遮面，是那么的含情脉脉，羞涩安静。花开花落自有时，见花要机缘，我们没有看到繁花似锦，桃之夭夭，遇到三两枝桃花开放，更有“春江水暖”诗意。

沿着桃花坝向前走，有一栋高大的徽派建筑，这是徽州有名的竹山书院。书院门楣上“竹山书院”四个遒劲的大字，是清代大书法家邓石如的手笔。邓石如是我的怀宁老乡，他是一位隶书、篆刻大师，他为竹山书院的题字不是隶书却是行书，留给我们很大的疑问。竹山书院是雄村最有文化的集聚地，也是培养人才的摇篮，历史上从雄村走出的很多官员和名人，他们的起点都在这座书院。竹山书院培养了影响很大的曹文埴、曹振镛父子“两尚书”。在曹氏宗祠里，摆放的牌位有姓有名的名人就有50多位，他们也都是从竹山书院走出，足见一个小小雄村“所在为雄”的理由。竹山书院建于乾隆二十年（1755），据说是一位盐商出资兴建，从书院的气势和规模，可以看出徽商的财大气粗。走进书院，正厅中壁悬挂是一幅蓝底金字楹联：竹解心虚，学然后知不足；山由篑进，为则必要其成。史书记载，这副楹联是乾隆时期的尚书曹文埴所撰，意在勉励后人要勤于学、勤于干，善作善成。书院由清旷轩、文昌阁、桂花圃三部分组成，其中的桂花圃很有来头。曹氏家族规定，只要是高中秀才的学子，竹山书院就会同意他种植一株桂花树。现时的桂花圃桂树葱茏，虽没有到桂花开放时节，依然能感受到隐隐约约的香气。

在江岸上，有一座坐着的石像，据说这是雄村人为纪念曹振镛而雕刻的。石像是用一般石头按照真人比例雕刻，衣着也是清代官服的模式，坐姿挺拔，气宇轩昂，但在茂密古树下显得形单影只。他左手拿着一本书，右手放在膝上，神情自若地面向江面凝视。我不知道他是在欣赏渐江两岸四季的美景，还是在回味“代君三月”的辉煌。我想，无论他在思考什么，都已经成为历史烟云，但雄村对面慈光庵的钟声依然会萦绕在他的耳边，潺潺的渐江永远是他魂牵梦绕的源头。

江边的游人很少，三三两两而已，四周显得很空旷。我们往回走的时候，遇到几位走亲戚的村妇。她们漫步江边，闲聊着家长里短，看上去是那么的悠闲自在，如同邻家大姐，感到很亲切。看到我们是外地的，她们甚是热情，一位大嫂说江边的石头坎多，注意安全，小心掉到江里。另一位说，中午如果没有饭吃，可以去他们家将就一下。从她们言语中透出皖南民风的淳朴和真实。信步江岸，远眺白云悠悠，苍山叠翠，景色如画；近看清风徐来，水波不兴，扁舟自横。同行的刘纯斌先生看到如此美景赞叹不已，在“太美了”“太美了”的惊叹中，不停地用手机拍起照来。我望着静静流淌的渐江水，不禁想起李白的《清溪行》：清溪清我心，水色异诸水。借问新安江，见底何如此。李白不愧为大诗人，他走过江南，深切感悟到皖南山水的禅意，清澈明净的渐江之水真是可以“清心”，使人忘却公务的纷扰，消去人生旅途的疲惫。

是啊，雄村遍地镌刻诗情画意，更深藏着神秘的文化密码，如同一部厚重的历史书籍，正静静等待人们去阅读和欣赏。匆匆走过雄村，我们看到的只是书籍的封面，封面上留下了这样一行字——雄村，徽州最雄村。

别致的阳产

阳产是一个依山而建的山寨，在徽州的歙县南乡的大山之中。说到阳产，必然说到土楼，土楼是阳产最大的特色，在一个朝阳的山坡上，密密麻麻排列很多土楼，甚是雄伟壮观。同样是皖南村落，却与西递、宏村、呈坎等皖南村落的徽派建筑大相径庭，我只能用别致的阳产，别样的土楼来形容了。

即使在现代交通便利的年代，到阳产依然是很不容易的事情。到歙县深渡镇的定潭，有一个岔道口，向左拐上一条上坡的水泥路，就是去阳产的方向。车上去阳产小道，一开始就沿着蜿蜒曲折的山路盘旋上升，一边是高山，一边是深谷，坐在车上有点心惊胆战。车行半个多小时，我们到了一个叫下产村的地方，这里有停车场、有售票处，还有许多集聚等待的游客。因为第一次到阳产，以为到达了目的地，哪知道这只是去阳产的中转站。在售票处排队买好票后，接下来又是排队等候上山的换乘车辆。随一行游人乘车，继续在山间盘旋前行，20分钟后我们才到达阳产土楼的村口。

在一个成熟的秋色里，在这个别致的土楼群，我们展开了一场别样的探寻。从村口进入阳产土楼群，确有一种恍如隔世的感觉，土楼的原生态是我没有想到的。土楼依山就势而建，排排层层，鳞次栉比，从山腰直至海拔800米的山顶，巍巍然矗立几十栋用黄土夯起的楼房。土楼群的周围是古木参天、翠峰环绕，与秀岩俊木、云烟清泉融为一体，迎面送来的是灵秀、自然之气。土楼与土楼之间留有羊肠小巷，地面大都是青石铺成，一块块青石板像血脉一样，把一座座土楼联成一个和谐的整体。因地势的梯度，小巷的道路显得高低不平，中间又有很多台阶，行走在土楼之间的石板路上，脚步或急促或轻盈，像是跳着桑巴舞。穿行于在时明时暗的小巷里，江南雨巷的感觉顿生，如再有一位撑着油纸伞的姑娘从巷中走来，那就是戴望舒《雨巷》描绘的场景。来到一处留有通道的土楼前，我站了足有5分钟的时间，抬头望着那历经数百年风吹雨淋的墙体，我感悟到时光如刀，斑斑驳驳地刻下的是往日的萧索。再低头细看那泛着青光的青石板，我不禁感叹岁月如画，真真切切画出的是时间的沧桑。置身在高拔、宏伟的土楼，我不禁惊叹徽州山民的智慧，更叹服这是怎样的建筑工艺！

看土楼，最好是从高处俯瞰。穿过一条条小巷，走过拐弯处的几垄菜地，我们登上了一个地势较高平台，站在这里看土楼更是一览无余。土楼群千姿百态、高低错落、布局有致，如同在眼前展开一幅神奇、古朴、壮观、美丽的画卷。同行的妻子看到这一美景，拿出手机，打开摄影的全景功能，把俯瞰土楼的景色尽收手机之中。的确，远远望去，土楼只能用一个“美”字来形容，无论是一座土楼，还是全部的土楼群，都给人展现了自然美、画境美和气势美。在我们忙着拍摄的时候，一位坐在屋檐下的老人遗憾地说，现在还不是最美的季节，如果是雨季，有云雾升起，环绕着山峦和村庄，古旧的土楼群就像海市蜃楼，那才是惊艳之美呢！是啊，人生随处都有遗憾，在阳产的几个小时，不可能把四季美景都收入眼中。走过阳产，抚摸过土楼夯墙的真实，闻到过土楼烟火的味道，看到了阳产满眼的秋色，心中早已揣上了满满的幸福和快乐。

秋天是一个收获的季节，更一个神奇的季节。深山之秋，层林尽染，美不胜收。我们到阳产的时候，恰逢深秋，遇上了土楼的晒秋。晒秋是皖南地区特有的民俗，阳产土楼的晒秋规模不大，更没有婺源晒秋“坡连坡、丘连丘”的景致，但不失晒秋的内涵和韵味。一路望去，在农户家门口，在高高土楼的窗户阳台上，在土楼的房顶，随处可见农家的收获，有火红的辣椒和柿子、黄灿灿的玉米、大大的南瓜。在村头的高高平台上，村民把晒秋布置成了一幅五色斑斓的“调色板”，向游人展示归仓前骄人的风采，把山村的生活方式，演绎为画家、摄影家还有游人追逐的场景，赋予阳产和土楼更多秋天的诗情画意。阳产秋色，不仅仅是一阵阵秋风吹过，不仅仅是群山绚烂，那五颜六色的果实与土楼交相呼应的晒秋，给阳产增添了一抹抹浓浓色调。秋色使阳产更饱满、更丰富，更有成熟的魅力。

阳产之美，美在没有修饰，美在原汁原味。我曾到过一些徽州的乡村，每到一地都有不同的内心悸动。到阳产，我感到自己不是游客，而是一位面对阳产自然和人文的朝圣者。阳产山民习惯用平和的心态与艰苦的环境交流，正是这种不屈不挠，激发了山民更大的想象力和创造力，从而造就了一幅皖南绝无仅有的风情画。阳产土楼深居高山，远离喧嚣，那种古朴、祥和、静谧，会吸引每一个人神往：在漆黑的夜晚，可以独坐门前仰望星空；在宁静清晨，可以感受到山间空气的凝重，如果再用山泉水泡一杯清茶，然后坐在土楼的窗前，凝望远处腾起的云海和近处袅袅的炊烟，怎么都会让浮躁的心在瞬间安静。

别致的阳产土楼，别样的阳产秋色，让人魂牵梦绕，每每想起，我依然很向往。

休宁黄村纪行

徽州的黄村有多个，有黟县的黄村，有休宁的黄村。黟县黄村我没有去过，只知道黟县黄村出了一位名曰黄士陵的人，是晚清书画篆刻大家。休宁的黄村我去过一次，那是在一个初春的时节去拜望的，匆匆而去，匆匆而归。但休宁黄村的美景和人文很是吸引人，让我久久不能忘怀。

休宁黄村在商山镇，这里出了一位现代名人，他就是中国著名的教育家和社会活动家，中国民主建国会和全国工商联的卓越领导人孙起孟；他担任过第七届、八届全国人民代表大会常务委员会副委员长。孙老是老一辈民主党派领导人，为民建的创建和发展作出过卓越的贡献。在去黄村的路上，看到"孙起孟故居"指示牌，带着一种崇拜，很想去瞻仰。同行的一位姓孙的同志说，他是孙老的亲戚，他知道孙起孟故居很简陋，没有什么看的。听他这么一说，我们放弃了参观的念头，一心一意往黄村赶。

过孙起孟故居，继续前行。我们开车没有注意，错过了进入黄村的小道，只好倒车回头，才找到进村的路口。黄村藏在山坳里，如果不看指示牌，从公路上走过是看不见的。在村口的标识牌上，我看到了这样一句话：历史悠久的黄村原名黄川，传说黄村黄氏的祖先就是中国历史上大名鼎鼎的农民起义领袖黄巢，距今有1100多年的历史。徽州是有历史的，徽州人自然把历史名人与村落联系起来，让人听起来有故事，看起来有韵味。

黄村呈葫芦形状，分为上门村、下门村。沿着一条弯弯的进村水泥路，几分钟就到了下门村。下门村状若燕巢，四周青山绿水，著名的黄村进士第就坐落在下门村。黄村进士第建于明嘉靖年间（1531），原为进士黄福的府第，后为家祠，是省级重点文物保护单位。府第规模宏伟，气势壮观，极具徽派建筑的特点。站在进士第的大门口，首先映入眼帘是高大的门楼，七层斗拱、四柱三开，是典型的明代建筑式样。门楼上有砖雕石雕，很是精致，正上方悬一蓝底金字的“乡贤”竖匾，下方嵌一“进士第”横匾。两个牌匾树在大门之上，虽只有五个字，却蕴含着府第主人出身高贵、官位显赫。同行的陈先生介绍说，“乡贤”匾是后做的，原物早已被毁，当时匾后还掉出一道圣旨来，被村里一位老师捡得，后被烧毁。他还介绍说，“进士第”匾上面原有一块，腐烂后现出第二块，就是现在悬挂在门楼上这块。令人感到奇怪的是，门楼的许多部分被涂成深红色，这并不是徽式建筑的风格。陈先生解释说，原来不是这样的，就是青砖本色，前些年美国一个基金会在村里搞保护重修，把墙壁涂成这个样子。进入府第，里面很是宽敞。府第分为四进，依次为门楼、门屋、享堂、寝楼。门屋、享堂、寝楼前各有一座天井，寝楼后还有一座小天井。在徽州，天井是聚财的寓意，其实天井也有透气、防火、防暑等实际功效。享堂内的柱子都是粗大的原木，柱石底座均为莲花型，雕刻十分精致；上面的冬瓜梁上，雕刻有龙、凤、狮、虎等禽兽，工艺精湛，形象生动。享堂名曰光裕堂，宽敞亮堂，足可以容纳100多人活动。粗大的木柱上刻有两联：一为“东鲁雅言诗书执礼，西京明诏孝悌本仁”；一为“钟鼎山林各天性，风流儒雅是吾师”，楹联的字里行间，展示了徽州“十户之村，不废诵读”重文重教的传统，让我们悟到“诗书礼、仁智孝”已进入徽州人的骨子里。进士第背靠青山，面对广场，如不是周围建了一些杂乱的民房，看上去会更显宏伟大气。

从进士第出来向左，是另一座古宅——中宪第。中宪第的大门紧锁，从外面看高墙深院，屋宇连栋，其规模、气势不亚于进士第。随行的陈先生介绍，中宪全称是中宪大夫，在清代属四品级别的虚职，也可能是买来的。中宪第建于清康熙年间，从门缝往里看，内部保存得比较完整。我在中宪第门口站了几分钟，看着斑驳的墙面和颇有气势的门楼，感到中宪第显得异常冷清和孤独。

到休宁的黄村，不得不说“荫余堂”。在下门村广场进口的左边，树了一块枣红色的牌子，上书“荫余堂遗址”几个大字，下面的文字向游人叙述了美国人花一个多亿，把徽派民居搬到美国的故事。这座被搬走的“荫余堂”，始建于清朝嘉庆年间，是一位黄姓富商的私人住宅。20 世纪 80 年代，黄姓富商的后代从此房搬走，房屋面临倒塌的危险。一位美国民俗专家看中了这座老宅，在 1997 年把荫余堂拆卸了；第二年，装满40个国际集装箱的荫余堂部件被运到马萨诸塞州。2003年6月，荫余堂在马萨诸塞州塞冷镇原貌复原。一座200年历史的黄村祖屋，被美国人花巨资买下，搬迁到大洋彼岸原样重建，如今在美国享受着国宝级的待遇。在叹息之余，我想荫余堂应是徽文化走向世界的见证，开启了与西方文明对话的窗口，这应当属于一件幸事。

再行一里路，就进入了上门村。上门村呈“凸”字形，背靠三山，村前筑口大水塘——月形塘，被当地人称为“三猪共槽”。村中有四条水沟，两条暗沟，两条明沟，四沟均通往月形塘，名曰“四水归堂”，是徽州人眼中的风水宝地。在上门村，最吸引我的要数黄村小学，它与中国近现代两位名人有关联。1914年暮春的一天，著名的社会活动家、教育家黄炎培在黄村有一次“寻病源”之旅。当黄炎培站在黄氏小学高悬的校训“勤谨”匾额之下，看着教室里认真读书的学生，心里不禁感慨，他对黄村小学校长、也是他的友人黄开祥说，真想不到，这山里头居然有这样好的学校。黄炎培在当天的日记里记录下自己的考察和评价：“学生四十人，男女皆收。高小一年为一室，初小一年至四年合为一室。规定值日生职务，设学生会。如此良好之教员与小学，不图于深山穹僻处得之。”参观之后，黄开祥向黄炎培先生索要墨宝留念，黄炎培稍一思索说，这样吧，我送一副楹联给你。在黄氏小学琅琅的书声里，黄炎培饱蘸墨汁，提笔写下“知君所学随年进，许我重游到皖南”。这副楹联中，黄炎培写下了对好友的褒奖，也期许着下一次的重逢。但让人遗憾的是，此后，黄炎培再也没能来过黄村。

黄村小学在进入上门村路口的左边，属民国时期独特建筑风格，现在已经没有学生，也听不到琅琅读书声。在教室走廊中间的墙壁上，我看到了民国时期任教育部长朱家骅的题辞——桃李争辉。我马上向同行的朋友请教，他们也说不出所以然。回来后，我找了很多的资料，没有一点与此相关的记载和信息。我想，黄炎培在当时的教育部任过职，又是教育家，与朱家骅是相识的，在他到过皖南的黄村后，肯定是要向当时的教育部长汇报所见所闻，朱部长听后一激动，就写下了“桃李争辉”四个字赠送给休宁的黄村小学。这一猜测应当是符合逻辑的。

休宁黄村身居群山环抱之中，山清水秀、静谧淡然。虽无“阡陌交通，鸡犬相闻”，但数十幢粉墙黛瓦的古建筑错落有致，交相辉映于山水之间，白墙、灰瓦、池塘、小桥、流水，如同陶渊明笔下的桃花源里人家。在回程的路上，参与黄村开发的陈先生告诉我们，休宁黄村的旅游刚刚起步，正准备对黄村进士第及附近的古民居进行修复，围绕村庄的水系，改造黄村荷花池，栽植百亩桃树、梅花。我想到那时，黄村会有一个华丽的转身，以其美丽景致、丰厚的人文迎接四方来客，不再是藏在深山人不识了。

窗外的风景

每个人都有自己的窗外，而且不同的时期，有不同的风景。一直以来，我都想围绕窗外写点什么，但因为忙于工作就搁置下来了。春天来了，我站在窗前，看着窗外的风景最近，更让我有一种写写窗外的冲动。

在学生时代，我们的窗外大都是校园的风景。记得有一首罗大佑演唱的《童年》歌曲：池塘边的榕树上，知了在声声叫着夏天；操场边的秋千上，只有蝴蝶停在上面；黑板上老师的粉笔，还在拼命叽叽喳喳写个不停。等待着下课；等待着放学；等待游戏的童年……这首歌虽然是描述童年的，其实是一幅学生时代的记忆和画面，在教室里望着窗外：池塘、操场、树林、蝴蝶……就连一只小虫都是我们的挂念。学生时代是少年不知愁滋味，无论什么时节，窗外的风景永远是很美丽的。

走上工作岗位，我在多个城市工作过。每到闲暇或疲惫的时候，喜欢站在窗前，看看窗外的风景。在江南山城——铜陵工作时，窗外是一个很大的市民广场，广场的前面是这个城市有名的天井湖，湖水碧波荡漾，岸上是绿树婆娑；远处是江北的山脉，晴天的时候可以看到山上的树影，雨天只能看到一片朦胧，如同是一幅水墨山水画，朦朦胧胧，自然淡雅，有山、有水、有树，甚有意境。一到秋天，在广场上有放风筝的人，大都是老人带着小孩。站在窗前，看着“晴空一鹤排云上”景色，看到那老人的细心和小孩的天真，我想那是人间最快乐的景致。在我即将离开江南小城的时候，我在窗前站立了很久，20 多年的历练在远山和近水的背景下一一浮现，感到自己付出了应该付出的，得到了应该得到的，更感到这座城市的伟大——从一个小渔村变为一座现代化城市。临别之时，我拿出手机，拍了一张窗外的照片，并定格在手机屏上，作为我到异乡的回忆。

我这辈子的工作地方一直在变化，从江北小县城到江南山城，再从江南到皖东。在皖东工作时，窗外是一条马路，名字叫会峰路。会峰路一头连接琅琊山，一头延伸到开发区，是一条比较繁华的街道。我到皖东法院上班是冬天，滁州在江北，雪下得比江南要早一些。我记得那年的雪特别大。站在办公室的窗口，我望着窗外，雪花不停地飘呀飘，打着旋儿，跳着舞。雪下到第三天，我突然接到一个铜陵朋友的电话，他说到蚌埠出差，顺道来滁州看我。我说，雪下这么大，你就不要来了。其实，一个人刚刚到皖东工作，心情还是有点落寞的，希望有故人的探望。当我们在雪地里见面时，相互之间是一个热烈的拥抱，其中的滋味只有自己知道。临别的时候，我没有下楼送行，而是站在窗口，望着满天飞雪，看着汽车慢慢地从雪地起步，在挥手之间，我的眼睛很快就变得模糊。

我的记忆里，2012 年的冬天，太阳是我窗外的一道风景线。我的办公室在朝阳的一边，从 8 点到办公室，我就感受到阳光的变幻：早晨，朝阳缓缓升起，给人一种清新的感觉，感觉周围的一切都散发着青春的气息；中午，艳阳当头，热情洋溢，炙热的温度永远激励着人们勇往直前；傍晚，夕阳西下，让人顿生失落感，可如果没有夕阳的隐退，又怎么迎接朝阳的喜悦！温馨的感觉总是留在心头，我就这样久久地站着，沉思在皖东窗外的风景里。

后来又从皖东到了徽州，皖南风景绝对是美丽的。我办公桌右侧是一面窗户，窗户正对着一个大转盘，有三条大道向周边散去，一条通往老城区，一条通往高铁站，一条通往新安江边。江南的春天到了，那可是一片生机盎然，草坪上小草还没有全绿，粉颜淡妆的梅花、云蒸霞蔚的樱花、姹紫嫣红的桃花、缕缕清愁的梨花、如火如荼的杜鹃花都在争相斗艳。徽州的春天，开门见花、开窗见花，是花的世界、花的海洋。夏天，阳光照在窗外的树叶上，映出一点一点耀眼的亮光，偶尔有风从树梢上轻轻拂过，或急速掠过，整个树顶就动起来，亮点交错闪烁，仿佛阳光洒在水面上，波光粼粼。偶尔还可看到几只小鸟，从这棵树飞落到另一棵树上。从窗口中看到江南的秋天和冬天，是与众不同的，那绿色、黄色、金色，还有很多描述不出来的颜色，拼出的另一番景色，如同画家手中的调色板。即使进入了初冬，那桂花的余香还在释放，不时飘到我的窗前。闲暇时候，我久久地站着，静静地眺望窗外的江南风景，看远山云遮雾罩、朦朦胧胧；看马路车水马龙、川流不息……

唯有触摸不到的距离，唯有遥不可及的期待，才产生美；唯有用欣赏的眼光，唯有用纯美的心灵，才能发现美，感受美。每到一个地方，每在一座城市工作，都可以看到窗外的风景，那窗外的美丽，不属于匆匆的行者，行者亦不属于窗外。我们突然顿悟，对于那些不属于自己的风景，只有远远地凝目，记在心里就行了！

不出名的徽剧

春节回老家怀宁，听生活在石牌的同学说，石牌镇要建徽班博物馆，徽班博物馆的临时展馆已经建成对外开放了。我想，这是一件幸事，也是对石牌镇“梨园佳子弟、无石不成班”的最好注释。由徽班，我想到了黄梅戏和徽剧。黄梅戏是我们家乡家喻户晓的剧目，就是没有文化的老人、牙牙学语的小孩，都会来几句。但说到徽剧，知道的人却不多，对于徽剧的前世今生，从哪里发源，更是道不清、说不明，就是专家学者也在争论、吵闹之中。年前，在一次朋友的聚会时，遇到了安徽省徽剧团的王丹红女士，她从事徽剧艺术 30 多年，是中国戏剧表演艺术最高奖“梅花奖”得主、国家一级演员，国家级非物质文化遗产传承人。与她的交流中，感到一种忧虑：徽剧不仅不出名，而且是一个濒危剧种。

早期的徽剧是一种重要的地方戏曲声腔，主要流行于安徽省境内。明末清初，乱弹声腔传入安徽，与地方声腔及民间音乐结合，在安庆府的石牌、枞阳、桐城等地形成拨子。乾隆年间，拨子与四平腔脱胎而来的吹腔逐渐融合，形成二黄腔。二黄腔又与湖北西皮形成皮黄合奏，奠定了徽剧的基础。

戏剧是舞台艺术，也是服饰艺术。徽剧的戏装是中国传统特有的服饰艺术精粹，它展示的华丽之美、古朴之美、凝重之美、典雅之美，令人叫绝，具有感人至深的艺术魅力。舞台服装作为徽剧表演艺术的一个重要组成部分，其内容与形式的高度统一所呈现出来的鲜明艺术特征，几百年来一直深受人民的欣赏和喜爱。

徽剧服装讲究色彩美，其设计充分运用中国传统绘画的色彩学原理与工艺美术原则，把龙凤、花鸟、走兽、鱼虫、云水等各种自然物纹样饰物夸张变形，以绚丽夺目、对比强烈的技法，使自然美与服饰实用性及图案观赏性和谐结合，从而突出舞台人物性格与形象的表现力，同时也能够充分发挥色彩的美感给人们带来共鸣。徽剧服饰在色彩的运用上，其美术功能使用和遵循的传统美学原则体现了中华民族的审美心理与习惯；尤其在视觉观感方面，十分注重使用五光十色的平金、平银绣，以及富丽辉煌的金绒绣和清雅俊美的绒线绣来精心制作，被人们视为珍贵的艺术品。

唱腔是戏剧的特色。徽剧的音乐唱腔可分徽昆、吹腔、拨子、二黄、西皮、花腔小调等类。徽昆的唱腔曲牌较苏昆粗犷强烈，以演武戏为主，多用大、小唢呐伴奏，配以大锣大鼓，气势宏伟。吹腔以笛和小唢呐为主要伴奏乐器，有曲牌、板式变化加曲牌体、板式变化体等三类唱腔结构体制。拨子以枣木梆击节，初用弹拨乐器伴奏，与吹腔结合，后改用唢呐、笛和徽胡。

说到徽剧，肯定联想到徽班进京。何谓“徽班”，顾名思义，当是徽人之戏班，它有400年的历史并有着辉煌的艺术创造与贡献，最突出的是它吸纳、融合、磨炼出一个占了大半个中国和50多个剧种的戏曲声腔，造就了一个伟大的剧种——京剧。那么，徽班进京，具体又是怎么一回事呢？据传，乾隆五十五年，也就是公元1790年，那年高宗八十岁大寿，为了给高宗祝寿，四大徽班便陆续开赴北京演出。在北京，他们演出了许多场次，观看的人甚多。徽班进京不但为高宗八十大寿增加了浓烈的气氛，也给当时的北京市民带来了丰富的文化盛宴，轰动了京城。

大家知道，北京自金元开始，一直就是中国的政治中心，也是北方的戏曲中心。清朝初年，北京就已经是昆曲、高腔、梆子腔三大声腔争胜的场所。在争胜过程中，各种声腔又互相渗透，互相融合，形成了新的戏曲艺术。清朝中叶，传奇和昆曲急剧衰落，花部地方戏剧却蓬勃兴起。花部地方戏又叫“乱弹”，包括雅部昆曲之外的各种声腔剧种。乾隆年间，便形成了花部地方戏的四大徽班——三庆、四喜、和春、春台。这四大著名的徽班班社兴起于安庆、怀宁石牌一带，活跃在当时的戏剧中心扬州，以演唱徽调昆曲为主；除徽调和昆曲之外，还兼容其他声腔。在当时扬州徽商的赞助下，四大徽班从扬州起航，通过大运河把二黄戏带进北京，这一事件就被人们称为“徽班进京”。后又经过安徽艺人们的长期努力，使二黄戏出现新面目；到北京以后，又吸取了其他剧种的优点，形成了京剧。到了近代，在无数艺人的再努力下，京剧更加发展，使之成为一种流行全国各地、影响最大的剧种。从唱腔、服饰等方面来看，徽剧与京剧有着非常大的契合度，京剧中的主要“基因”来自徽剧。可以说，京剧是从徽剧演绎来的，徽剧应当是京剧之母。

中国是有着几千年历史的文明古国，任何一种文化的形成都有其的脉络，而且延续至今的，都是多元文化的优化组合，戏剧文化也是如此，由徽剧衍生出的京剧也是同样的道理。京剧的普及性很广，而且以京腔为主，自然受众面大。而徽剧受地域限制，又是“年老色衰”，不出名也是当然之事了。虽不出名，但它是中华文化的一部分，更是中国戏剧文化的“活化石”，应该是值得我们珍惜和爱护的！

好官的标准是什么

——读纪晓岚《阅微草堂笔记》有感

好官是没有私心的人吗？想必大众都认为是。其实不然。即使是好官、清官，他首先也是人，是人，人所具有的特性他都有。过去的教科书中灌输的，报刊许多正面报道的，以及各种高、大、全的文学艺术作品中呈现在我们面前的好官形象都是没有私心的。这样的形象固然受人民群众好评，但真实不？我的答案是不真实。人，是不可能没有私心的，因为私心是人性特点的一种表现，私心是人的一种天性，绝对没有私心的人是不存在的，即使是圣人、君子、伟人也不例外。故而，纪晓岚认为，好官的标准应该是能够克制私心的人。

在《阅微草堂笔记》中，纪晓岚设计了一个名叫郑苏仙的北村人梦中观摩阎王上殿升堂判理一个老妇和一个官员死后去向的场景，将他心目中好官的标准寓意其中。

有邻村的一个农家老妇死后来到殿前，阎王一改严肃面容，拱手施礼，赐给老妇一杯茶，然后命令冥吏送她去生善处。原因是这个老妇能够克制私心，连读书讲学的儒士都自愧不如。又有一个穿官服的人走进阎罗殿，自称为官清廉，一生所为无愧鬼神。阎罗王却不买他的账，哂笑道："你在人间做官时，一生中处处求得自保。有些冤案因为怕惹祸上身，不敢仗义执言，这是有负于民；有些烦琐沉重的公务，你因为怕担责任，没有尽力去做，这是有负于国。无功即有罪矣。"

一介农家老妇受到阎王的尊重，而只饮百姓一杯水的官员却受到阎王的揶揄，这不是纪晓岚如"文人相轻"一样也"官员相轻"。在纪晓岚看来，好的官员的标准不只是不要钱，重要的是心存无私，在其位谋其政，为官一任，造福一方，不然就不如"植木偶于堂"。

读纪晓岚的《阅微草堂笔记》，你会发现小说中的鬼狐妖怪敬仰人间的正义和无私，鄙视是人的庸俗虚伪。在这则笔记小说中，纪晓岚为被阎罗王称作"三四等好官"的官员画了一幅"四自"像：不管在哪个场合都喜欢"高自位置"——"公服昂然入"，自我感觉良好；介绍自己善于"自我标榜"——"自称所至但饮一杯水，今无愧鬼神"，言下之意，看这是多么的清廉啊；受到质疑时急于"自圆其说"——又辩曰："某虽无功，亦无罪"，其后潜台词是"我没有功劳也有苦劳吧"；黔驴技穷时只好"顾影自怜"——"大踧踖，锋棱顿减"。

一个人的品格与地位、财富无关，重要的是你的心。拥有一片公心的布衣，胜过一品的卿相，这样的人人神共仰，诚如那老妇；心怀私心杂念的官员，即使无过也要受到道义和良善的谴责。

做官先做人，做人要做一个善于克己的人。只有善于克己，才不至于因私废公，才不至于损人利己，才会人神共仰。

读书的境界

我有个朋友，他喜欢看书，也喜欢发表一些感想。但他很容易被书中的不好的人和事所影响，往往就变得情绪低落，为人处世不太顺当。其实，这是一件很痛苦、也很不划算的事，读书耗时费力，思考更是大伤精神。我们并不是哲人，读书只能是增长见识、丰富底蕴、涵养情怀，不可让读书来伤己。我在读书时有一个原则，就是在书中体味人生、感悟生活，从中学到做人、做事的妙方，这种体味和感悟往往是积极的，有益于己。因此，如同研习佛经的人，对书有一种极大的虔诚，用读书来形成自己的思想，首要的是涵养素质、平和心态，坚守做人的品质。

王国维总结了治学、成大业的“三种境界”，这是从事业的角度来看读书和学习，属于非常“高大上”的事情。其实在芸芸众生，干大事业的又有多少人。如果都是为了成为名家、名人而读书，那这个世界将会成为什么样呢？读书应是我们的常态，也不是每个人通过读书就能成为名家名人，但常人读书同样适用王国维所述的“三大境界”。

读书第一重境界是“昨夜西风凋碧树。独上高楼，望尽天涯路”。这词句出晏殊的《蝶恋花》，原意是说，“我”上高楼眺望所见的更为萧飒的秋景，西风黄叶，山阔水长，案书何达？在王国维此句中解成，做学问成大事业者，首要必须有执着的追求，登高望远，瞰察路径，明确目标与方向，了解事物的概貌。这自然是借题发挥，以小见大。就读书而言，具备这一境界，就是读书要有目的性。我们在学校学习读书，就带有目的性——从小学升到初中，再到高中，然后考取大学。有些人认为，这是应试教育，不利于成长。我是不同意这个观点的，如果一个人不经过系统的、规范的学习，没有一个学习的目标，而是随意而为，如何能成为一个人才。“独上高楼”，其实就是瞄准一个目标，一步一步地实现，到了一定的高度，才会有对新知识的渴求，才会有“望尽天涯路”的思考和追求。

读书第二重境界是“衣带渐宽终不悔，为伊消得人憔悴”。这引用的是北宋柳永《蝶恋花》最后两句词，原词是表现作者对爱的艰辛和爱的无悔。若把“伊”字理解为词人所追求的理想和毕生的事业，亦无不可。王国维则别有用心，以此两句来比喻成大事业、大学问者，不是轻而易举，随便可得的，必须坚定不移，经过一番辛勤劳动，废寝忘食，孜孜以求，直至人瘦带宽也不后悔。其实，读书同样需要这种精神，古人刻苦读书的故事很多，有西汉时期匡衡的“凿壁偷光”：晚上，匡衡家没有灯，就把自家的墙壁凿个洞，来借邻居家的灯光看书；有晋朝孙康的“囊萤映雪”：孙康家里穷，没有照明用具，就利用雪和萤火虫的光来读书；有隋朝李密的“负薪挂角”：李密善于利用时间，在砍柴和看牛的时候都不忘记看书。人都是很懒的，这是人性的一大弱点。读书是很辛苦的，不仅要有经济上的支撑，还要耗精、耗力、耗神。“宝剑锋从磨砺出，梅花香自苦寒来”，说的是读书必须付出。没有这种精神，就不会有知识获得和人生内涵的丰富，只有“衣带渐宽终不悔”的自我追求，才有抱得思想上的“美人”归。

读书第三重境界是“众里寻他千百度，蓦然回首，那人却在，灯火阑珊处”。这是引用南宋辛弃疾《青玉案》词中的最后四句。王国维以此词最后的四句为“境界”之第三，即最终最高境界。这虽不是辛弃疾的原意，但也可以引出悠悠的远意。读书要达到第三重境界，必须有专注的精神，反复追寻、研究，下足功夫，自然会豁然开朗，融会贯通，有所发现，有所发明，就能够从必然王国进入自由王国。那么，读到“蓦然回首，那人却在，灯火阑珊处”这个境界，那时的书，从严格的意义上讲，已经不再是书，而是一种精神、一种享受。陈望道在看《共产党宣言》时，边看书，边吃粽子，旁边放着墨汁和红糖，由于聚精会神看书，他把墨汁当成糖蘸着吃，搞得满嘴都是墨汁。家里人看了，都笑起来，问他粽子可甜，他说很甜。是的，读到了真理，融入了精神，怎么会不甜呢！

读书是一个人生活的一部分，读书也是无止境的，“望尽天涯路”应当是每个人的常态，“为伊消得人憔悴”是特例，但达到“蓦然回首，那人却在，灯火阑珊处”这个境界就很难了。

为我们的工作和生活而歌唱

岁月无声，从我们的身旁穿过。美好的事物总会在脑海中定格，激发出快乐幸福之花，我们应当任其尽情地绽放，为工作和生活而歌唱。

春日暖阳，看河边杨柳依依，鲜花绽放。品味飘逸的花香，欣赏葱郁的树木，陡感心旷神怡。在安静的河边，美景让我感悟，花香让我陶醉，这时我诗情而发：人间最美四月天，桃红柳绿映眼帘；春雨蕙风犹自在，唯求适意得心闲。

夏夜的繁星，高挂在一望无际的天空中。它们在向人间诉说着一个个美丽的古老神话。宁静的夜里，有明月高悬，有星星陪伴，任何烦恼、孤独都销声匿迹了。这让我想起宋代词人辛弃疾的词句：明月别枝惊鹊，清风半夜鸣蝉。稻花香里说丰年，听取蛙声一片。

秋日的斜晖，投下一个个俏丽的影子，树叶儿便像一枚小舟在空中翩然飞舞，在生命的最后一刻尽情地演绎自己的美丽。这时我感悟：落红不是无情物，化作春泥更护花。

冬天的黄昏，也毫无保留地展示出绚丽的光彩。那一抹夕阳，悠悠地袒露出日之将夕、家在何处的忧伤。多少人在这一刻留下美丽的惆怅：“夕阳西下，断肠人在天涯”，还有那“日暮乡关何处是，烟波江上使人愁”，乍现离愁，也掩不住人间永远的美好。

人生很短暂，美丽更是转瞬而逝。但只要我们用心灵去体会，美便俯拾皆是：在办案失落时的一个微笑，在化解纠纷委屈时的一声祝福，在心情忧伤时的一份慰藉，都会给人以美的享受。而这些美丽和美好，需要我们去感悟、去思考、去歌唱。其实，感悟人生，不为别的，只为活在美丽快乐中；感受幸福，不为别的，只为不白活一回。

人活在世上，无非是想明白一些道理，遇见一些有趣的事，看到一些有趣的人。我们记录生活，便是快乐；我们思考工作，便是幸福。近期，我们在法官中开展“情系皖东·爱铸天平”文学创作大赛，看到了法官们用情、用心书写的诗歌、散文，从大家的文章中，同样感受到工作的美丽、生活的美好。

当前，司法改革的大潮正在汹涌而来，司法工作必将迎来一个新的春天。在这个春天里，我们需要激情，我们需要歌唱，我们更要用思考和文字来记载春天的美丽。期望在明年，我们可以看到更多的法官参与到文学创作中来，更期望欣赏到大家更多、更好的文学作品。

（此文为《情系皖东·爱铸天平》序）

思考是快乐的运动

我很信奉马克·吐温说过的一句话：人的思想是了不起的，只要专注于某一项事业，就一定会做出使自己感到吃惊的成绩来。思想是思考的结果。这些年来，我把思考作为推进法院工作的一种方法，把思考作为一项快乐的运动。

古人说：学而不思则罔，思而不学则殆。无论是工作还是生活，都缺少不了思考。思考是人生的一种智慧，善于思考就会智慧地工作、智慧地生活，达到事半功倍的效果；懒于思考就会做事冲动莽撞、说话信口开河，好事也容易办糟。积极思考者具有乐观热情、正直勇敢、信心坚定、镇定专心等品格特征。善于思考对于一个领导风格的形成具有不可忽视的作用。

思考是人最大的乐趣。爱迪生说："不下决心培养思考习惯的人，便失去了生活中最大乐趣。"思考带来乐趣的关键是能够使我们找到工作的路径、处事的方法、决策的思路和宁静的心态。在思考中，我们可以发现许多人生的真谛，让我们顿悟，更能看到一路的"风景"：这其中既有"有意栽花花不发，无心插柳柳成荫”和“众里寻他千百度，蓦然回首，那人却在，灯火阑珊处”的意外惊喜，也有“横看成岭侧成峰，远近高低各不同”的奇妙景象；既有“一蓑烟雨任平生”的豪放之气，也有“行到水穷处，坐看云起时”的乐观态度；既有“独上高楼，望尽天涯路”的执着追求，也有“衣带渐宽终不悔，为伊消得人憔悴”的坚定无悔；既有“自古逢秋悲寂寥，我言秋日胜春朝”的励志激情，也有“苟利国家生死以，岂因祸福避趋之”的无私忘我。从中，我们得到的是思想升华、境界提升，让自己的人生达到身心和谐，这何尝不是一种乐趣！

思考的快乐还在于思考的过程。从事文字多年，思考感悟多年，思考的美妙时时浮现：有时夜晚躺下后顿生灵感，便爬起来挥笔记下；有时想到新的思路，如同孩子般欣喜雀跃；有时推敲一篇文章，饭不吃也觉香。倘若思考出的东西变成文字，那更是其乐无穷。

柏拉图说：“思维是灵魂的自我谈话。”在思考的宇宙中，我们可以穿越时空，与古人交流；可以跨越际界，与他人切磋。我们可以谈理想、谈人生、谈修养，可以提出问题、反思自我，也可以以史为鉴、古为今用。思考的过程，就是自我否定的过程、自我提高的过程、自我涵养的过程。在思考的过程中，我们可以找到差距、看到不足，让灵魂更加纯粹、思想更加向上、精神更加饱满、目标更加明确。

在皖东法院五年的履职，可以说在很多的场合和会议上都有讲话，其中大部分讲话都是我自己的思考，都是我自己的观点。五年虽然弹指一挥间，但作为一个有思考的人，总得留下

点什么。于是我以五年履职的讲话材料为蓝本，从中选取部分章节予以整理，并选取了部分发表在各级刊物上的文章，编辑了《法官笔记》。《法官笔记》分为三篇：第一篇是方法篇，第二篇是感悟篇，第三篇是思考篇。书中所有的观点或源于工作思考，或源于生活感悟，或源于人生提炼，是快乐思考的结晶。

《法官笔记》都是个人的观点，一些思考还不成熟，相信能给各位领导和读者留下了一些思考的空间。让我们一起思考吧，把思考变成一项快乐的运动！

春风吹来满园欣

关于文化，要说难以表述的确难以表述，要说容易表述也很容易表述。文化包含面很广，有宏观、中观、微观三个方面。在微观方面，文化与每个人都是紧密相连的，如言谈、举止、投足等，这些都能体现一个人的文化内涵。

要说一个单位的文化，那应当是中观范围的文化。其定义和内涵不仅包括思想、精神等方面，还包括文化活动及其体现，如文体活动、文化彰显平台等。

我到法院工作以后，大家也和我谈到法院文化建设，我就问，什么是法院文化建设？他们回答，就是搞一点文化墙。我说，如果是搞文化墙，那太容易了。一个文化墙怎么可以体现文化呢。对于法院文化建设的这种定位，首先我是否定的。到基层调研和到外地学习，我对法院文化建设还是非常留心的，看到外地一些法院把请别人写的字画放在一起，树了一面墙，美其名曰是“文化墙”。这种无主题、无内涵的东西，怎么还可以说是文化墙，我认为是一种形式主义的大杂烩。文化不是照搬照抄、照本宣科，更不是简单移植、牵强附会，文化需要人们在同一平台下，共同营造、共同培养、共同呵护。

在当今世界，大家都在追求文化，不仅是法院，很多单位都在强调文化建设。为什么都这样推崇文化呢？因为他们看到了文化的功效。虽然不同的人对于文化有不同的理解，不同的人有不同的解读，不同的人有不同的感悟，但文化的基本点是不能变的，就是大多数人的共同认可不能变，那种积极向上、引导和鼓舞人的精神不能变。这种功效对于一个单位、一个地方、一个国家的作用是非常大的，可以凝聚人心，可以以一当十。就一个单位的中观文化建设来说，要建设好不是那么容易的事情，不仅要结合单位的实际，有好的思路、好的办法，而且还要花精力、花钱，需要用心、用力、用情。有时即使投入了，文化的功效还不会马上显现。要知道，文化建设不仅需要投入，而且需要时间的磨合、知识的积淀，需要外见于形、内化于心的凤凰涅槃。

我不是文化人，更不会写字、绘画，但我喜欢与文化人交往，与文化人成为朋友。我认为，无论别人怎么评价，我都有我自己的观点：真正文化人的称谓不是那么容易获得的。与文化人交流，看到的是一种性格，读到的是一种悟性，更多的是让我感悟的是大气、平静、洒脱。这种智慧，不是一般人可以办到、做到的；这种精神的修炼、心灵的极品，我们为什么不去学习呢！

虽然文化建设不是容易的事，虽然文化人的品质不是一蹴而就，但我们还是要去做。如果我们不走出第一步，那么我们永远就会停留在原地，永远不会有进步。2014 年 2 月 28 日，在市委宣传部、琅琊区委、琅琊文化馆的支持和帮助下，滁州法院邀请了二十三位书法绘画方面的名家，围绕法院文化建设开展联谊，收到了非常好的效果，这既是一件结缘的大好事，也是一件宣传司法的大好事，更是一件培育法院文化的大好事，为我们营造文化氛围搭建了好的平台。

文化需要共同培育，文化需要共同呵护。既然我们已经走出了第一步，我们就要一如既往地走下去。我相信，有文化人的支持，有全体干警的共同感悟，法院文化建设一定会春风吹来满园欣！

（此文为《滁州法院书法绘画集》序）

我们共同走过这五年

五年，在时光的隧道里非常短暂，但在人生的进程中还是很长。2012 年我走进法院，开启了与司法的一段情缘。

五年的时间，我记不清工作了多少天，但流淌的日子，在我的心中珍藏起一幅美丽的画卷：一群扎根皖东大地的法律人，在创新的土地上，在法律的帝国里，辛勤躬耕与默默奉献。我们不求轰轰烈烈的壮举，惊天动地的伟业，只想有点点滴滴的积淀和集腋成裘的心愿。因为我们深知，只有今天播撒了法治的种子，让人民群众在每一个司法案件中感受到公平正义，对法律真懂、真信、真用，法治的理想才能早日能够实现。

五年的时光，我们这样走过。司法改革让我们知道：创新创造永远是我们灵魂，唯有改革才能激发法院工作的活力；司法实践让我们掌握：规律和方法是制胜法宝，法院发展、司法工作、法官成长“三大规律”必须共同遵循，司法服务让我们明白：服务大局、服务群众是我们的追求，找准定位，真心投入，服务才能提档升级；能力提升让我们知晓：司法能力决定案件质量，只有案结事了，方能展示法官的魅力；理念转变让我们领悟：现代司法理念至关重要，只有转变理念才能达到法律、社会、政治效果统一；司法管理让我们懂得：制度造就行为规范，只有以制度管人管事才能确保廉洁自律；司法公信让我们期待：法治永远是司法人的信仰，只有内强素质、外塑形象方可与群众的需求看齐。

五年的时光，我们这样走过。把工作当作事业干是我们的追求，在每年受理案件均以一万件增长的情况下，案件质效依然同步上升；司法公开、阳光司法不再是愿景，三大平台建设成效明显，办案流程更加规范，裁判文书、庭审直播上网成为常态，以公开促公正、以公正促公信已梦想成真；强化监督始终是我们的执着，结案评查、类案评查、重点评查“三箭齐发”，发现问题、分析问题、解决问题“三措同施”，规范制度、类案同判、案件研讨“三法同进”，一流法院已具雏形。

五年的时光，我们这样走过。“法官大讲堂”让我们感受到法官教法官的亲切，“春秋”两训让我们感悟到专家的智慧，审判委员会专题研修让我们思想的火花竞相迸发；一年一次的集中谈心谈话，一年一次的青年干警座谈会，让我们敞开心扉，从交流里找寻治院之策；调研机制的建立，更把我们的思想激活，三次中标省高院课题，一次中标最高院课题，一批调研成果开花结果。

五年的时光，我们这样走过。诉讼服务提档升级，信息化便民利民，人民群众对法院更加亲近；基层人民法庭五年五个台阶，正在向“五优”的目标迈进；“法官工作室”建到了老百姓的家门口，群众多了一份理解，社会多了一份和谐；“法官提醒”让媒体向社会展示了法官的情怀，让群众感受到法官的用心；一面面锦旗，一声声感谢，又凝聚了法官多少付出和心血，如果能让法治的信仰根植群众的心里，我们便多了一份欣然和慰藉。

五年的时光，我们这样走过。把建章立规挺在前，用制度来管人管事，以审务督查、网上巡查促进作风的转变；把警示教育提在前，结合腐败案例教育法官，告诉大家绝不能把公权看作私权；把典型的树立做在前，“双十”评比两年一次，表彰记功年年都有，用鲜活的人物引导干警无私奉献；我们把党建工作抓在前，力戒党建与业务“两张皮”，用党纪国法约束全体党员，党建工作走在全国法院的前沿。

我渐渐明白，尊重与包容，才能把彼此的心紧紧相连，理解与支持，才能相互搀扶，共抵法治理想的彼岸。

我慢慢感悟，理性、平和、博学、良善，是一名法官修养的体现，忠诚、为民、公正、廉洁是一名法官一生的追求。

我更加知道，“一盘棋”的理念不能浮在表面，团结一致才能凝心聚力，信念坚定方可尚法恤民。

在五年的时光里，我经常被感动，当事人遇到困难时，法官析理明法，伸出法律的“双手”是那么温暖；当事人遇到迷茫时，法官细细道来的话语是那么的贴心。我看到了法官不顾劳顿奔波于办案的路上而无怨无悔；我看到法官不再挺拔的身躯伏案于审判桌旁而始终如一；我看到法官承受无端猜忌而淡然处之、毅然前行；我还看到法官面对危机风险挺身而出而义无反顾；我更看到法官为追求法律真谛而仗义执言……这些都让我真切知道法官的敬业与艰辛，为法治之花的培育真诚付出。

五年的时光，我发现也有遗憾，也许正是哪一个法律适用盲点，案件被发回改判；也许再认真校对一遍，那个笔误就能被发现；也许我们再多些耐心，那个当事人就会息诉服判……

近期，滁州法院组织开展了“喜迎十九大，共筑法治梦”征文活动，并把优秀的文章进行了汇编，名曰“走过这五年”，其目的是展示五年来，法官在追求司法公正、司法为民、司法公信的感悟和法院自己的故事。我想，这只是五年快乐、辛苦、纠结的一个火花。五年弹指一挥间，未来的路还很长。我们坚信，所有的问题都能解决，一些遗憾不会再现。党的十九大精神引领我们坚毅向前，我们唯有用真诚和勇气实现法律的正义，用良知与信心维护法律的尊严，从不间断和决不懈怠，用责任与担当践行法官的诺言！

（此文为《走过这五年》序）

中年，可需救赎

不知不觉到了中年。一天早上起床，对着镜子，脸上的皱纹增加了几个刻度，头上的白发已经超过了黑发。在不知不觉中，我已经快速完成了清秀少年向臃肿不堪中年的过渡，开始不修边幅，胡子拉碴，满脸横肉，眼圈浮肿。

我在外地工作，经常要坐高铁回家。有一次，在我座位的边上，是一位中年妇女带着她的孩子，可能是她的孙子吧。我当时正在看书，她的小孙子在邻座上玩得很开心。中年妇女怕小孩干扰我看书，说“不要调皮了，不要影响爷爷”。这“爷爷”一词，对我是一种心灵的震撼，怎么刚过五十，就成了爷爷。其实，不相识的人的评价是最真实的，虽然自己不承认，但现实很残酷。回头一想，我的确应当是爷爷级别了。去年回老家过春节，我到一位儿时小我几岁的朋友家坐坐，看到他的孙子已经六岁了，我不是爷爷又是什么呢？自然的法则是无法改变的，改变的只有自己的心态。

梁实秋先生在《人到中年才懂得》谈道：中年的妙趣，

在于相当地认识人生，认识自己，从而做自己所能做的事，享受自己所能享受的生活。中年有妙趣吗？中年可以随心所欲吗？中年可以谈享受吗？我认为都不可。中年更多的是责任，有对家庭的责任，对父母的责任，对子女的责任。前段时间，妻子一个人在家，她在上班的时候，不小心一脚踏空，把自己的锁骨摔断了。我在外地，接到电话后即刻赶回，第二天妻子就进行了手术，虽然是专家做的，但因为妻子的骨质疏松，钢板没有固定好，在三个月后妻子又进行了一次手术，短短的几个月内，吃了三次苦。我除了请假照顾之外，更多的还是帮她补充营养，增加钙质。心痛妻子之余，我更多的是思考中年的困惑和难处。到我们这个年龄，性格和工作已经定型，不会有什么非分之想，更不会去指点江山、激扬文字；只想到一辈子还有两件重要的事情要做：一是把子女的事情办好，二是为父母养老送终。把这两件事办了，这一辈子的任务也就完成了。中年没有任何妙趣，但中年需要的是应对。什么事情都不能去推脱、去逃避，只有把一切痛苦、一切心酸留在心底，所有的事自己来扛。

在皖东五年，我是把精力投入到司法事业的，自我感觉很好。但万万没有想到的是，竟然有人举报我贪赃枉法，接受当事人的贿赂和吃请。当纪检部门找我谈话时，我是非常气愤的，但转过来一想，群众的监督很正常，只要身正，又何怕影歪。我既不认识原告，也不认识被告，也从不干扰和干涉案件，何谈受贿！但冤枉和憋气只能自己一个人来承受。

中年，什么事情都会遇到，什么样的人都会见到。只要一不留神，就会被误解、被冤枉，这种误解和冤枉还不能解释，只能把它深深地埋在心里，让自己的血液来慢慢冲淡，只有靠自己的灵魂来救赎自己的肉体。

中年，是人生中一个最可怕的阶段，虽然可怕，其实不需要救赎，“经事还谙事，阅人如阅川”，以中年人的阅历，以中年人的智慧对待一切，善待自己，关爱家人。这时，我脑海中出现了一句话：中年一旦失去了自律，就会迅速让体质和精神状态滑向不可救赎，这是一个真理。

心清如水是真实的美

如今，随着时代的进步，人们的功利观念和生活主流价值正发生着改变。虽然，很多人称不上利欲熏心，但是用“浮躁”二字形容并不为过。很多人的心态再难像从前那样，保持一种宁静和坦然，更难做到心静如水。

心清如水，带有一种禅意，是圣洁、高尚的人生境界。大凡有这一境界的人，其秉性有二：一是如水之清洁，不以物喜，不以己悲；二是如水之清静，清风徐来，微波不兴。唯有心灵清静，才能远避尘俗，摒弃浮躁，在洁静中拥有时刻的清醒和坚贞。

心清如水是一种人格和品质。大凡进入了这一境界的人，不仅能行得正，“从心所欲而不逾矩”；而且能站得稳，“任尔东南西北风”。心清如水，使多少哲人智者洞明世事，不畏浮云遮望眼；心清如水，又成就了多少伟人丰功伟绩，“苟怀四方志，所在可游盘”。心清如水，看似冲淡平和，实质上却蕴含着一股强大的人格力量和智慧力量。老一辈革命家陈云，就让整个当代中国的历史都感受到了这种力量的强大和深沉。1978 年冬天召开的中央工作会议，原定讨论经济工作。陈云同志在东北组讨论时却一语惊人：如果不平反冤假错案，就不可能顺利实现工作重点的转移；于是，会议主题急转直下，为伟大的三中全会作出强劲的铺垫。陈云同志逝世已经很多年了，然而，他离休后静静地听着苏州的评弹，把两个核桃当作健身球在掌上轻轻转动的身影，仍不时浮现在我的眼前，让我深刻地理解到什么是“心清如水”。

心清如水是一种目标和追求。人生是什么，有人说是一盘棋，一着不慎，满盘皆输；有人说是一次旅行，走出去走下去，在风雨中不断成长和丰富自己；也有人说人生是一次过程，每天都在负累，如此等等。每个人的人生经历不同，自然对人生的理解也是五花八门。无可否认，人生有时十分艰辛，常常将我们压得难以喘气，但还有乐观向上者，总以苦为乐，面带微笑，去迎接每一天。人生是一次长途跋涉，当事业达到一定高度，学会适度满足，享受其拼搏的历程，不失为另一种意义的快乐。这让我想到了已故著名作家、戏剧家、翻译家杨绛先生。杨绛先生不举行签名售书仪式，将所得稿费转赠清华大学设立“好读书”奖，不接受百岁生日祝福和采访等等，真正做到了心静如水、不求名利、甘于寂寞、与世无争。杨绛先生生前居住在北京三里河一个属于国务院的宿舍小区，她的家是几百户中唯一没有封闭阳台，也没有室内装修的寓所。自 1977 年一家人搬进来到她去世，她就再没离开过。无论是对爱情的态度，还是对文学的态度，抑或对社会的态度，正是拥有着“不争哲学”，她才能把不平常的岁月当成平常的日子，始终以宁静的心情对待这忙碌甚至世俗的世界。

社会正在急剧转型，物欲横流、躁动盲从、冷漠虚伪丛生不息；利益的追逐、财产的争夺、身份的较量屡见不鲜。面对社会生活中还存在着的浮躁和杂音，任何一个人要想守护心灵的清洁与清静都不容易。然而，“能到竹林下”，就会“自有春水声”。让我们还是心清如水吧！这样的人生，才有可能清丽出尘，才有可能舒卷自如，平和安顺。

名字的故事

一个人出生后，都有自己的名字，名字有时也会藏着一些鲜为人知的故事。我出生在20世纪60年代中期的一个严冬。听祖母说，那年的冬天特别的冷，雪下了有一尺多厚。在大年三十的晚上，家家都在忙着放鞭炮、吃年夜饭，我们家则在忙着迎接一个新生命的诞生。凌晨一点，一个生命在寒冷的冬夜呱呱落地。

在我的老家，新生儿是要请算命先生来算命和取名的。大年初三，在邻村的算命先生就来到了我家，为我算命、起名字。算命先生说，这个娃是过年的时候出生的，就取名为年发吧，就是年年发财的意思。后来我想，算命先生不仅会算命，他还是一个心理专家，他给小孩取名字，考虑到的是大人的心理，在当时生活清苦、物质匮乏的农村，年年发财那是一个多么美好的期待！

这样，我就以这个年年发财的名字上完了小学。虽然同学们没有什么大的反应，但自我感到，年年发财，那我就是一个财迷了，于是，就一心想着如何把名字改得“高大上”，而且能让家人满意。初中报名的时候，是改名字的好机会，因为“年”与“严”谐音，“发”与“法”同音，我就自我做主，把自己的名字改为“严法”了。

一看到我的名字，大家都会开玩笑说，严法同志，严格执法，你真是为法治而生！还别说，因为起了这个名字，还是与法律结了缘。高中毕业参加高考，报的本科第一志愿就是与法律有关，而且是政法院校——华东政法学院。在我到学校报到的时候，一位老师看到我的名字，很熟悉地说，严法同学，你来报到了！我当时很疑惑说，老师，你怎么认识我！他哈哈一笑说，我是到安徽招生的，对你的名字很感兴趣，看到你超过录取分数线，就第一个录取了你。

这是一个机缘的巧合吗，我自知不是。为什么要报考法律？还要从幼年的一件事情说起。因为父是从外地过继来的，在农村受到的欺凌很多。一次，父亲与同村的人因田间用水引发纠纷，被对方打伤。父亲的住院，使整个家庭笼罩在忧愁之中，经济也一下子陷入了困境。这时，我祖母并没被吓倒，她也没到对方家里去闹，只说：“我就不信天底下没有一个说理的地方！”于是，她老人家拄着拐杖，牵着年仅七岁的我，去找当时大队的书记说理。在大队书记家里，他那种不冷不热的态度使我十分气愤，我拉起祖母就走。虽然纠纷最终得到了解决，但在我幼小的心灵里知道被扭曲的公正是什么模样。

大学毕业后，第一站就在县级检察院工作，进入不久就跟随科长办理案件。记得我办理的第一个案件是涉嫌强奸案件的批捕审查，经过调查和取证，我个人认为这个案件不能构成犯罪，并把我的判断和理由向科长进行了汇报。科长说，这个案件就由你汇报吧。在检委会上，我谈了五个方面的事实：一是犯罪嫌疑人与被害人是恋爱关系，在同一个单位工作，他们的同事认可这一关系；二是发案的时间是他们与同事参加朋友的婚宴回到单位后；三是发案地点在单位一楼的值班室，在二楼有同事在玩牌，如果是强奸，完全可以呼救；四是被害人当晚喝了酒，从犯罪嫌疑人的交代看，他只是实施了摸捏的行为；五是被害人对犯罪嫌疑人有反感，不想继续保持恋爱关系。同时，我还把现场图和有关鉴定进行了出示，最终，检委会决定对犯罪嫌疑人不批捕。虽然后来公安机关提出了复议，但检委会还是维持了决定。最后，检察长对我说，严法同志，你还真不愧对你的名字，做到了严格执法。

在政法部门工作十一年后，我转战到了党委部门工作。在十三年的党委部门的历练中，应当说对法律内涵的把握和理解更加全面和深入，法治作为社会治理的一种方式，如何使其效能达到最大化，我形成了自己的思考。没承想，2012 年，我又回到了政法部门，被交流到皖东的一个法院工作，还是让我的名字与法律结下深深的缘分。

进法院的门槛很高，不仅需要有法律专业背景，而且需要有政法部门的工作经历。事后一位领导跟我说，你到法院履职是经过严格审核的，当时把你的档案看了三遍，感到你是法律出身，而且有司法资格；更重要一点，看了你的名字很好，法院院长就是要做到严格执法，你要名副其实啊！

是啊！名要副实。生活不会停止，法治的脚步也不会停歇。作为法律人，我始终怀抱“点滴推动法治”的情怀，始终不忘守护公平正义的使命，用行动和实践温暖每个行者的心灵，以求对得起自己的名字。

一个人的自传

已经往60岁上奔了，马上就要进入老年。人老了喜欢回忆，喜欢说往事。回首自己走过的路，的确想说，我是一个从寂寞中走来的男人。

一

我记事应该是在4岁以后。4岁那年的一件事在我脑海中记忆很深，那就是隔壁住的“的婆婆”去世。老人的去世，在农村很重视，属于红白喜事中的白喜。在出殡之前，有很多程序上的事情。出殡前三天，把死人放在自家的堂屋中间，由家人轮流守夜，这是当时农村设立的简陋灵堂。“的婆婆”与我家属于宗亲，在农村是一个房头的长辈。我家的人，包括祖父祖母、父亲母亲都到她家去帮忙。孩子们不知道死亡是什么，更不知道离别的痛苦，只把这种事情当作节日，嘻嘻哈哈，打打骂骂，在忙碌的大人之间穿插游戏。大人带着悲哀，都在忙自己的事情，也没有时间管束孩子们。偶尔有过分的小孩，干了一些没有规矩的事情，也只是挨上一巴掌，就没有事了。

在有记忆起，我感到“的婆婆”是个好人。有时候，家里没人，我就偷偷溜到“的婆婆”家，她只要有好吃的，都会塞给我一点，如花生、炒米糖等，3 岁的记忆，到我 50 岁还记得很清楚，说明在农村这都是奢侈品。“的婆婆”去世时，虽然比我大的孩子都在闹，但我很安静，坐在灵堂的角落里，看着躺在门板上、脸上盖着一张草纸的“的婆婆”，想着“的婆婆”这么好的人，怎么就死了呢？人死以后到哪里去了？这些问题，我不敢问大人，也不敢说出来，只在我幼小的心灵里留下了一个对死亡大大的问号。

在农村，我上学比较早。在 6 岁的时候，我进了我们自然村办的私塾，其实也算不上正规的私塾。不知道是谁牵头，把一户人家空闲的房子打扫干净，放上几张桌子和椅子，就成了教室。学生都是我们一个自然村的，印象中不超过 10 个人，而且年龄参差不齐，最大的有十多岁，小的只有 6 岁。我的年龄最小，个头也最小。教我们的老师是从邻村请来的，姓杨，年龄很大，看起来非常严肃。我不知道他的工资怎么支付，但他吃饭是在每个学生家一周轮流一次。每次轮到我家时，父母亲都要把家里最好的东西拿出来，给老师一个好的接待。每次老师到家吃饭，只有父亲一个人陪着，我们小孩子是不能上桌的。见到老师到来，我显得很安静，躲到房间里不敢出来，一个人坐在小板凳上，双脚绞在一起，双手不停地搓着，心里是既激动，又害怕。激动的是老师能来我家吃饭，是给面子的；

害怕的是如果没有接待好，不仅家人没有面子，我自己也会感到自卑。在私塾只待了一年多，一年多时间里仅仅是识几个字、描描红而已，随后就上小学了。幸好私塾的时间不长，如果长期面对一位“老夫子”，天天就是描描红，那我会在更加寂寞中度过，留给我的将是更多的思考和无奈。

上小学后，可能是自己的性格，还有一种骄傲的因素，无论是上学还是放学回家，我都是独自一人，不喜欢与同村小孩在一起。我的学习成绩很好，经常在学校获得表彰奖励，引来了同村同学的嫉妒是必然的。同村一些同学看不惯，一些调皮的人就想方设法骚扰，采取“拉郎配”方式，把我“许配”给所谓的班花，还编了顺口溜，在我面前喊唱。我当时身材矮，长得瘦小，自知正面对抗是打不过他们，我也不会用嘴去还击。遇到这种情况，而是随手拾起一块土块或石头去砸那个叫得欢的，有时候能砸到，有时候砸不到。随他们喊叫着跑远，我一个人落寞地往学校或家里走。

小时候，我的身体不好，经常生病，到医院看病成了一个重要项目。我记得每次生病就发高烧，烧得做噩梦，说胡话。到现在，我还能回忆起高烧时的大脑浮现的情景：动不了，说不出来话，只觉得有人掐着我的脖子，导致我呼吸困难，心跳加速；好不容易醒过来，头疼得很，然后，没有等我反应过来，马上又进入下一次梦幻状态。经常的生病发烧，父母亲非常担心，害怕这样发烧，会把脑子烧坏，以后成为一个孬子。苦难是磨砺和锻炼人的，也让人变得更加内向和孤独，在六七岁的时候，我一个人就能到县医院去看病，自己挂号、自己找医生。

从小我不喜欢喊人，嘴巴不甜，自然不讨人喜欢。这件事被母亲批评过多次。无论是上学放学，还是平常走在路上，遇到一些长辈，我都是目中无人走过去，从来都没有喊一声。在批评无效的时候，我母亲只好打圆场，“我家小伢不喜欢讲话!”其实不喜欢讲话就是内向的意思。一个人的内向是有社会原因的。我父亲虽然是高小毕业，也有点文化，在为人处世上也有他的一套，但他是招赘到这个村的，在农村是被人看不起，经常要被欺负，直到老年，他也常常为此生气发脾气。我从小不喜欢与人交往，不合群的性格，大概也与此有很大的关系。人是自卑的，也是自尊的。当自卑大于自尊的时候，只有采取不交往、不合群的方式来应对，减少外界的伤害，这也是一种自我的保护。

童年的寂寞，让我过早就懂事，很早就知道人与人之间关系复杂与人世间情感的冷暖；童年的孤独，让我有更多的精力用于学习和思考。后来，我成为我们村唯一一个考上大学的人，这不能说不是一件幸事。

二

到了初中和高中，我认为已经进入了少年。

我是当时杨塅学校考入高中的唯一一名学生。杨塅学校前面是一个操场，操场的前面是一条小河。学校比较简陋，两排平房相对而建，一边是4个教室，共8个教室。学校左边是田野，其中还有属于学校的田地，耕种都是初中部的同学学农时的事情，虽然大家不太懂，但在老师的带领下，挖地、播种，插秧、拔草，也是很快乐的。学校的右边是村庄，在教室的窗外，我们可以看到邻居院落里春天有桃子、秋天有柿子。在下课的间隙，也有几个调皮的同学，趁他们家没人，把桃子、柿子变为大家的食品。经过几次以后，邻居知道是学生偷了他家的东西，没有目标骂了几次后，大家也就不敢再去偷了。

学校离我家 3 里路，是一个“戴帽子”的学校，学生都是走读的，以小学为主，加了一个初中部，而且只有从初一到初三总共 3 个班，每个班只有 40 多个学生，都是周边行政村的孩子。“戴帽子”的学校虽然设有英语课，但没有专职老师，在初一、初二的时候，是从皖河中学外请一位兼职英语老师。初三的时候配了一位老师，是部队复原回乡的，没有从事过教育工作。可想而知，我们的英语水平低，也属于正常了。在初中升高中时，我的英语考了 12 分，按照 50% 计算，就是 6 分，在单科“跛腿”的情况下，我依然考上了普通高中，的确是一件不容易的事情。

高中是在皖河中学。上了高中必须住校，我的身体越来越好。我想，一方面是高中有了正规的体育课，还有体育老师，锻炼对身体肯定有好处；另一方面正在发育的阶段，每个周末回家，祖母都会给我烧小灶，回家第一件事就是把头天烧好的鱼拿出来给我吃，第二天早上回学校，又是一碗猪肝鸡蛋汤，这些都是我一个人的福利，不许弟弟妹妹们碰。随着身体越来越好，我学习起来更有劲了，对未来也充满着梦想。

第一个梦想是当播音员。听着新闻播音员纯正的普通话，我非常羡慕。每到下午下课，只要是晴天，我都会到学校外面的田野中用普通话读书。在开阔的田野里，即使用最大的声音，自己感觉不到，别人也感觉不到。练了一段时间后，我用普通话在一位同学面前表演。我的同学把肚子都笑痛了，他说，你这是标准的怀普，“鞋子”和“孩子”都分不清，还想当播音员。怀普就是怀宁的普通话，方言很重。在我的老家怀宁，前鼻音和后鼻音是分不清的，这是说普通话的大忌。这样，我的播音员梦想就无声无息了。

第二个梦想是当作家。梦想源自我一个同学的弟弟。我这位同学的弟弟正在上初中，我读高二的一天，他到学校来看望他的哥哥，带来了他写的小说让哥哥提意见。同学知道我喜欢文学，文字功底不错，就把他弟弟写的小说给我拜读了。在我的印象中，小说写的是发生在解放战争时一个小山村的事情，虽然厚厚的一大本，花了不少工夫，但逻辑、文笔、描述都比较稚嫩。看过以后，我不懂也要装懂，建议他回去好好修改。后来，我看一个初中生也能写小说，我这个高中生为什么不能呢。于是准备好稿纸，利用课余时间一本正经写起了高中生活的小说，并把高中的一些学生谈恋爱的事情进行细致的描写。写了几万字后就到了高三冲刺阶段，只得把写小说、当作家的事情放下了，一心一意备战迎考。作家的梦就随着时间的推移无声无息。

第三个梦想是当一名考古学家。在我小的时候，我家附近的雷埠山发现了一座清代古墓。在当时，人们的法律意识不强，村民以为可以挖到宝贝，在没有报告的情况下随意开挖。我听到这个消息就跑去现场观看，古墓倒是古墓，但出土的东西没有文物价值。这次农民的盗墓，让我对考古留下了细微的印记。在后来读书过程中，我对历史的兴趣也增添了不少。

1985年高考填志愿的时候，重点大学的第一志愿就是厦门大学考古系，由于分数没有达到，考古的梦想就在录取通知书到来之时破灭了。后来，我学了法律，在工作之余，我喜欢看的一个电视节目就是《鉴宝》，大概与考古的梦想有点关系。

进了大学以后，我用一半时间学习法律，一半时间研读唐诗宋词和名家的文学作品。因为经常到图书馆看书，在大三的时候，与图书馆的管理员混熟悉了。他们需要帮忙打扫卫生的，问我愿不愿意，我自然乐意，条件是我可以每周进入书库随意挑选借阅20本书（正常的只能借5本）。我认为这个条件太诱惑了，不仅我自己答应了，而且动员同宿舍山东的张同学一道，一个月为图书馆打扫一次卫生，以便每周都能享受丰富的精神大餐。在大学里的后两年，我都沉浸在书的海洋里，看的书很多，也很杂。我读过孟德斯鸠《论法的精神》，孟先生不是就法论法，他在书中谈到了宗教、社会学、宪政、教育、经济，乃至战争与和平等思想，把我的视野一下子拓展开了。我看过列夫·托尔斯泰自传体三部曲——《童年》《少年》和《青年》，姑且不论托翁描写的19世纪俄罗斯社会的真实生活如何生动引人，在他的笔下，塑造的俄罗斯形形色色的人物，个性鲜明，如见其人，如闻其声，读后让我随同他们的悲欢离合，喜怒哀乐，自然而然地产生强烈的共鸣。

在大学时代，看得最多的还是唐诗宋词。不要小看唐诗中就这么屈指可数的几个字，却如海上的照明灯，风雪中的煤炭，时时帮助着我，温暖着我的大学生活。文必秦汉、诗必盛唐。在国力强盛、开放包容的大唐迎来了诗歌的顶峰。从诗仙李白的雄浑奔放，到诗圣杜甫的深沉广阔，再到诗佛王维的俊逸空灵，唐代诗歌名家辈出、流派纷呈、佳作如林，成为中国古典诗歌发展史上一座不可企及的高峰。翻开数以万计的盛唐诗歌，无论是豪迈的边塞诗歌，还是清新的山水诗歌，不仅笔力雄壮、气象浑厚，而且呈现出一种激越昂扬、自信奋发的独有时代气质，细细品读，时时让我为之感动、为之震撼、为之鼓舞。

读宋词，我体会到了东坡的豪放，易安的婉约。孤身一人在中秋佳节，喝酒赏月，恐怕也只有东坡这样豪放的词人才能看轻一切，才能以积极的心态去面对，才能在大醉后写出“人有悲欢离合，月有阴晴圆缺，此事古难全”这样富有哲理的词句，才能发出“但愿人长久，千里共婵娟”这样深切的祝福。东坡被贬黄州，面对东去的江水，面对当年硝烟弥漫的古战场，他发出了“浪淘尽，千古风流人物”的感慨，怀想当年周公瑾羽扇纶巾的飒爽英姿，无不表现出东坡的大气；而当他将漫天飞舞的杨花，比作“点点是离人泪”，我们知道东坡同样有婉约的一面。“众里寻他千百度，蓦然回首，那人却在，灯火阑珊处”，欣喜之情，溢于言表。我想，这辛弃疾该是一位多么才华横溢的词人啊！“先天下之忧而忧，后天下之乐而乐”，我读到伟大抱负的范仲淹同样有愁苦的一面。“争渡，争渡，惊起一滩鸥鹭。”让我联想到黄昏泛舟水上，不小心进入荷花池深处，却惊飞了栖息的水鸟这样愉悦的画面，李易安当年该是多么欢愉啊！不知不觉中，我已走入了他们的世界，融入他们的情感。

大学 4 年，以书为伴，是书涵养了我、丰富了我。为什么一些树可以长成参天大树，因为它把根系深深扎入了土壤，吸收到了丰富的营养；为什么蜜蜂可以酿出甜甜的蜂蜜，因为它在不停地劳作，把每一朵花中蜜采到怀中。从书中我知道，人生不要自己设定什么梦想，读书劳作，稳扎稳打才是最佳。

三

我从小就喜欢语文，而且语文成绩一直很好。记得在初中一年级的时候，学校组织我们去看了一场《渡江侦察记》的电影，回校后老师要求每个同学写一篇观后感。第二天我的观后感在班上作为范文进行了朗读。这件事一直激励着我，让我对语文产生了更大兴趣，而且在高中时代，我在班上担任语文课代表。

80 年代末，我从大学毕业。在大学期间，我一方面喜欢读书，在图书馆如同一条鱼游到了海洋，在知识的海洋里尽情遨游。大学 4 年，除了专业课，我看了很多书，一年读唐诗，一年看宋词，从诗词里读到了性情、智慧，豁达、宽容。另一方面偏好写作，成为华东政法大学文学社的会员，也就有机会在校刊上经常发表一些文章。1987 年，我写了一首长诗，题曰“北方的诺言”，投稿参加了“舟山杯”散文诗歌大赛，获得了优秀奖，这也是我的第一次投稿，第一次文学作品获得奖励。1988 年，我撰写了一篇关于孔子情感教化与犯罪预防的文章，得到了哲学老师奚志根教授的肯定，教授大手一挥，你的哲学考试免考，为此，我高兴了很长时间。后来，奚教授吩咐我对文稿进行修改，要推荐到《法学》刊物上，后因到外地实习等原因，就把事情耽搁下来了，失去了一次自我展示的机会，现在想起来还是很遗憾。在大学时代，有埋头学习的，有混日子的，但既学习又思考，而且爱好写作的人不多。我喜欢写作，尤其是看到文章变成铅字，那是一种莫大的幸福和快乐。很遗憾，在大学期间，我虽然写了不少，大都没有变成铅字。

大学毕业后，我进了一个县级司法部门。在人生的第一站，虽然没有什么文字压力，但也让我学会了吃苦，得到了历练。县级检察院属于基层部门，那里工作条件比较艰苦，院里只有一台北京吉普，还是用了很多年的，开起来像拖拉机。所以，我们到外地出差办案，只能乘公共汽车。记得有一次办案，我们从县城乘车到安庆市，在市里办完事情后，又要到附近的一个乡镇去了解情况。当时已经是下午6点多钟，没有班车，一位老同志说，那我们走去吧。我是一名刚刚工作的新手，听了后当然没有意见，更何况我比他们年轻不少。哪知道，路程还真远，我们从安庆市区出发，沿着皖河大坝，一走就是4个多小时，到了乡政府的时候，已经是晚上10点多。那时又是冬天，到了乡政府驻地，我们是又饥又渴，只得把炊事员喊起来，为我们准备了一顿简单的晚餐。晚上睡觉时，我看了一下鞋子，鞋底都磨破了。在个人日记中，我把这段经历记了下来，现在看看，真切感到基层是一种真正的经历和磨炼。应当说，在基层工作是很辛苦的，虽然有苦，但在苦中有乐，在辛苦中我也学到了很多，我知道在学校学到的东西，在实践中有的是不管用的，就连一份起诉意见书也与学到的不一样；我知道了如何同其他同事相处，意气用事对自己是一种莫大的伤害；我知道讨论案件必须要有自己的观点，人云亦云是得不到别人尊重的；我更知道做人要善于思考。正当我准备就农村犯罪问题进行调研，意在提出一些解决农村犯罪的对策时，我调离了基层检察院。在检察院的两年，基本没有写文章，只在到了铜陵工作后，回想当时办案，写了一篇《第一次办案》，在《铜陵日报》上刊载。这是我的文字真正变成了铅字，在正规出版物上刊用，也给我带来了写作和投稿的热情。

与文字真正结缘，是 1991 年以后的事情。1991 年，我调到铜陵。在铜陵市司法局工作 3 年里，工作性质与文字联系紧密，就是在办公室从事秘书职业。那个时期，虽然有点文字功底，但没有经历过公文的写作，写起领导的讲话材料来就很是吃力。所以，我花了很多时间，一门心思研究公文的写作，自己的文章就没有时间思考，也没有文字见于报端。在司法行政部门 3 年的历练，让我在公文写作上有了一点名气。1993 年，市委政法委缺少“笔杆子”，随即把我调入，让我继续从事文字工作。在党委政法委工作，宏观的东西要多一些，但也有微观的问题。那时年轻，干劲很足，别人休息我调研，经常是“五加二”“白加黑”。应当说，对于当时的社会治安综合治理工作，我还是进行了一些研究，不仅在综合考核体系建设、领导责任制的完善上付出了自己的思考和心血，而且联系自己的思考，撰写了一本关于社会治安综合治理的专著，后因换了单位，这本书只能束之高阁。在当时我还是想把书出版的，没有出版还是因为自己的底气不足，想到自己年龄轻、级别低、无钱无权，不能出风头，所以把这份书稿一直留存在我的电脑中。有时，我也打开文稿看看，心想，在党委政法委干了 6

年，最终还是有点成果留下了，足可以让我满足了。

时光进入1999年。已经30多岁了，我进入了党委办公室系统，仍然操持我的文字主业。在党委办公室，我一干就是13年，服务了4任市委书记、5位市委秘书长。在这13年的经历中，我更多的是感谢和感恩，正如我在《离别，是一种心里的痛》文章中所表述的那样：1999年，我进入人生的第二站——市委办公室，在办公室一干就是13年。到目前，市委办公室是我工作最长、感情最深的地方。在党委办公室的13年，4700多个日日夜夜，其中蕴含着多少苦闷、辛苦、纠结，其中又有多少快乐、高兴、释然。无论是什么，都是我一生中最重要的一段历练。

在党委办公室，虽然是公务繁忙，但繁忙的事务和繁多的文稿更加激发我的思考。应当说，在党委办公室是我个人文字成稿最多的时期之一。在为领导撰稿之余，我就一个城市的经济、社会、文化等也进行一些自己的思考，撰写了一些调研报告，以期为领导决策参考。如我撰写的《幸福指数：建设和谐铜陵的重要标尺》，不仅在参加征文比赛中获得了一等奖，而且作为建设幸福铜陵的建议，得到了多方面的肯定。再如，我撰写的《建设宜工宜商宜居生态山水铜都》，是一篇推进城市可持续发展的研究文章，文章中的很多观点被市委全委会采纳。在党委办公室工作，既有工作感悟，也有实践思考。这一时期，我撰写的《办公室工作要念好"五字经"》《创新以文辅政，当好参谋助手》等文章，是工作上的感悟；我撰写的《年轻干部如何摆正做事与进步的关系》等文稿，是做人、从政的思考，这篇文章还在《领导科学》刊物上刊用。在党委办公室的13年，是思考、感悟较多的一个时期，也是一个公文写作的高峰期。

2012年底，我被交流到安徽的皖东地区，在琅琊山下的法院从事司法工作。人生总是难以预料的，兜了一圈，又回到了司法部门。对于司法工作，我并不陌生，也不算是新的领域，但现有的司法环境，让我感到压力。有压力就要思考，如果不思考，就会被工作淘汰，就会被时代淘汰。在皖东法院5年的履职，可以说在很多的场合和会议上都要讲话，其中大部分的讲话都是我自己的思考，都是我自己的观点。5年虽然弹指一挥间，于是我以5年履职的讲话材料为蓝本，从中选取部分章节予以整理，并选取了部分发表在各级刊物上的文章，编辑了《法官笔记》，也算是对5年法院工作的一个交代。

2017年12月，我又交流到了黄山工作。徽州的文化底蕴十分深厚。从我踏上这片土地时起，我就被这里的文化搞得晕头转向，在这座城市分不清东南西北，分不清河流的走向，分不清黄山市、黄山区和黄山风景区。但有幸的是在徽州认识了一批文化人，看到了很多别样美丽的风景，让我的码字欲望又起来了，于是，我用我笔记下了徽州的人、徽州的景。

人还是要有点情怀的。如果长期让自己在深深的衙门里瞻前顾后、畏首畏尾，会在无聊和叹息中走过一生。办好公务、写好公文是职责；其实，闲暇之余在办公室踱踱方步，写写自己想写的东西也是一件很快乐的事情。我利用业余时间撰写了一些理论文章，属于附带的产品，同时，也把人情、人性、友情、感悟变成文章，是自我情绪的表露。一路走来，我一边撰写公文，一边写作自己的感悟，有时也把散文的写法融入公文的写作中。在铜陵工作期间，我撰写了怀念祖母的《清明时节雨纷纷》，思念老师的《但愿一识洪汲绠》，感悟朋友的《朋友阿贵》等，都是在闲暇之余的回忆和思念。转战到皖东后，我与这座城市慢慢建立了感情，闲暇之余，对这里的人文进行了一些研究，我感到，这里文化底蕴十分丰厚，一山、一水、一树、一草、一亭都有故事，都有一个说道，走在琅琊古道上、坐在醉翁亭中，看着中都古城的钟鼓楼，都会无限遐思，都在与古代的文人墨客进行对话和交流，尤其在他们留下的诗句中，读懂他们的纠结、心酸、苦闷和无奈。我也是沿着他们的思路，写下了《琅琊，一个让失意酿造诗意的地方》《欧阳修与琅琊诗意》等文章。到徽州工作后，我把与文化人的交往变成了《黄山三友》，把徽州的风景变成了《有梦到徽州》《春行卖花渔村》等。

一路感悟，一路记取。自感文字比较粗糙，一些文章的观点均属一家之言，但都包含我的情怀、我的思考、我的回忆。这让我想到了苏轼的一句诗：人生到处知何似，应似飞鸿踏雪泥。是啊，人的一生到处奔走像什么呢？应该像飞鸿踏在雪地吧！一个人有一个人思考的天空，一个人有一个人思想的世界，只想把奔走的思考、思念、感悟作一归结，算是在人生留下一些记忆的痕迹，那也是莫大的快乐。当我老的时候，在那美好的春光里，在繁茂的葡萄架下，再看看带着墨香的文字，看看那平常的生活，想想那久远的人和事，一定是一件非常美好的事情！

后　记

我很佩服的一位古代文人是苏东坡，我更欣赏他的一首诗《和子由渑池怀旧》，其中有两句：人生到处知何似，应是飞鸿踏雪泥。泥上偶然留指爪，鸿飞那复计东西。

这两句诗，很有禅意。是啊！人的一生到处奔走像什么呢？应该像飞鸿踏在雪地上吧。偶尔在雪地上留下几个爪印，但转眼它又飞走了，哪里还记得痕迹留在何处！这是苏东坡与他弟弟在渑池相遇时的感叹，却道尽了人生的真谛。

苏东坡一生，不是被贬官，就是奔波在被贬官的路上，说明苏学士生活的宋代并不是一些人描绘的好时代。我这辈子，出身农家，没有太多的想法，只想过萝卜白菜的生活；但想法归想法，现实很骨感。没承想因调动交流，我在省内多个地方工作。从江北的一个小县城起步，为了爱情，我来到皖南的山城，一干就是二十多年，心想这辈子在山城落脚了；又因工作变动，转战滁州，再到徽州、庐州。我深感自己是幸运的，生活在一个最美好的时代。虽年已追花甲，一直在历练中成长，在感激中生活，在感恩中前行。但要问我一辈子干了什么事情，我只想套用苏东坡的诗：问汝平生工作，滁州徽州庐州。

一个人的生活，还是需要有精神支撑的，更需要有点情怀，这样才能避免一些世俗的销蚀，也不至于陷入人云亦云的嘈杂。一个人工作在外地，夜深人静的晚上，是心灵安静的时刻，更是思考和提笔的好时光。每每此时，我脱离电视剧的诱惑，一步一步走到书房，开始自己的思想和记忆的漫游，把生活的细节变成文字，把亲情、友情、爱情变成文章。这既是一件很快乐的事情，也是踏人生之雪，留情感之痕；集腋成裘，把几十年来的文稿编辑成书，曰《踏雪留痕》就顺理成章了。

《踏雪留痕》出版真是不容易，有自己的付出，更有领导、朋友的关心和编辑的辛劳。在这本书出版过程中，我要感谢安徽省高院领导的关心和厚爱；感谢合肥工业大学出版社王磊社长亲自协调、朱移山博士尽力策划，著名作家安徽省作协许春樵主席和好友武佩河先生为本书作序，著名书法家杜鹏飞先生题写书名，贾诩同学校核文字；感谢妻子吕秀梅对我一直以来的鼓励和付出，儿子陈雨田、儿媳妇黄凤娇对文稿的校对，并提出中肯的修改意见；感谢为本书付出辛劳、给予鼓励支持的所有朋友。

陈严法

编后记

雪泥鸿爪

——20 世纪 60 年代人的精神存照

朱移山

这些天，我一直沉浸于责编的散文集《踏雪留痕》所叙述的景况、境遇、情怀、意念之中。作者人生履痕与心灵微澜，动辄触碰我内心的疼点与柔软处，令人或唏嘘怅念或释然会心。

作者和我均生于 20 世纪 60 年代中期的皖西南农村。

从历史看，我们这一代人幸逢天时。在我们童年和少年期，全国整体状况无质的不同，城乡工农经济和文化生活相差不大，也脱离了早几年严重的日常衣食匮乏困境。正如严法笔下记录其成长的皖西南乡村：虽然普遍一贯的闭塞，穷困，万物萧瑟生长，家庭温馨亲情伴随愚昧执拗，邻里淳朴乡情时被苦难和威权扭曲。但，国家在摸索至天花板处，訇然洞开改革开放的壮丽时光。蝼蚁般的乡村子弟也可以单凭自己努力拼搏，通过考试这所桥梁脱离面朝黄土背朝天的祖辈既定命运而通达广阔的美好世界。

从地域看，从皖西南走出的我们又恰占地利。皖西南本身历史悠久，明初又为江西抚州、九江及本省徽州府等移民涌入之地。长江中下游地带温润适耕的自然条件，养育了生长于兹依地谋生勤俭质朴的代代子民；同时，赓续中原文化的宗族儒风——穷不丢猪、富不丢书，诗礼相传、修身齐家治国平天下的希望之火久蕴于地下，不时迸发而成燎原之势，如这块土地上曾绵延数百年的桐城文化中兴，以及近代新文化运动的澎湃和革命先驱的幢幢身影等。全国统考大门一开，无数农家子弟世代蛰伏的潜能被唤醒。据统计，80 年代全国中高考录取率很低，而皖西南各县，每年都有数百上千人因良好的文化教育传统如过江之鲫簇拥着跃出“农门”，也因而有了今天这里所谓的“博士村”“干部乡”“院士县”等盛誉壮观。

公平统考改变了命运，60 年代人大约于 80 年代进入高校深造。此时，祖国大地思想解放浪潮滚涌，改革开放春风劲吹，从人文到科技，民族传统文化精华与世界文明成果扑面而至；这代人浸润在知识的海洋里，学习自主，生活有资助，且无就业之忧。接受系统的专业教育后，大家陆续分配至百废待兴、求才若渴的祖国各行各业并渐成骨干。有别于 50 年代人生命黄金期被历史过多无谓消耗因而更多急迫抱憾，也不同于七八十年代乃至更后年代人的人生画卷初展于相对错综纷攘的国际国内背景而心态多元，60 年代人生命主体时光——求学、工作既定于国家统一安排，按部就班搭上祖国政治安宁稳定经济高速发展的舒适快车。这代人在命运、身份、环境和文化心理的转换变动中，也经历过彷徨、苦闷、失落，但大多能超越世俗的得与失，守身有责，安然若素。这得益于 80 年代的良好高等教育资源、90 年代蓬勃向上的清廉环境、新世纪激浊扬清的社会氛围对其心智与人格的塑造；甚至少年期度过的城乡贫瘠生活以及中小学十来年的寒窗苦读等早年经历也化作自我激励的精神驱动力。教育、工作、生活均受惠于时代机遇，60 年代人实现了阶层性平稳跃升；同时，也相对固化其主流性纯真感恩的深层心理与圆润豁达的为人处世准则：感恩时代，不负理想；感激亲情，勤勉自律；珍惜拥有，捭阖有度。因此，其工作激昂向上，其生活多姿安宁；其交友温良礼让，其待亲俯首低眉；观大自然，物我两忘，天人合一；看人类世界，美美如共，天下大同；读历史能辩证，品人生无怨艾。无论从政、经商、治学，60 年代人的信仰、视野、襟怀、素质、执行力都堪称承上启下，既安于辅佐，又忠于担当，且乐于传承，历史中间物特性与时代桥梁作用尤其鲜明突出。

严法在 80 年代中期考入华东政法学院（大学），由悬梁刺股的中学生到拔萃优裕的大学骄子，首先完成自身命运的转型；毕业后分配到县检察院，后调任市委办官员，又先后任两个地级市中级法院院长乃至高院一级高级法官。其人生命运转型和社会身份迁升可谓 60 年代人典型代表。因此，忠实记录严法自己命运与心灵轨迹的散文集《踏雪留痕》，很大程度上也是他这一代充满理想、珍惜机遇、勤政律己、身心和谐的公务人员形象与精神风貌的实录。

思念故乡亲人、品赏地理风物、回味文友挚情和阅读思索感悟是全书几大板块。《清明时节雨纷纷》《我的父亲》《皖河边上那棵树》《你，永远是我生命中那束最美的阳光》《那是一个甜蜜酿造的过程》《为孙女起名》《给儿子的一封信》《故乡，那永远抹不去的记忆》等这些关于故乡亲情篇目是本书情感之魂。祖母的温厚持教，父亲的乖张激励，发小的朴实情谊，婚恋的思念甘苦，为人父和做爷爷的职责苦衷，还有那沉淀在记忆中的故乡原野、稻香，晴空、白云，柴火、炊烟，泥脚老农与欢闹稚童等，一段段动情叙述直抵人心，凸现出作者爱与同情的核心情愫。作者多地任职时和偶尔远足考察中：在铜陵，梳理古镇大通历史，讲述凤凰落脚典故与白姜传说；在滁州，辨别欧阳修与琅琊亭二者“失意酿造诗意”的意味，体会丰乐亭与西涧的千年寂寞，探究凤阳“大明皇陵之碑”的气势与内力，与“凌寒独自开”的王安石心灵两相共鸣；在黄山，自《有梦到徽州》领起，青山绿水间，逶迤古道旁，探“卖花渔村”，雨中走“坡山”，新田、木梨硔、雄村、阳产、黄村等传统村落目光所及，拂耀出悠久徽文化灵光和新时代脱贫攻坚七彩虹霓；在祖国各地名胜及宝岛台湾，乃至境外斯洛文尼亚的布莱德湖等，记录、比较和深思一以贯之。与心仪的古代贤哲对话，探寻历史深处的细节，观照大自然的细致美景，触摸祖国博大精深文化乃至世界文明的脉动——作者人生逆旅没有孤寂悲伤，更多的是广博的文化体验与深度的生命意境提升。《但幸一识洪汲绠》《我爱“明德鱼”》《鸡年尤赞王子洲》以及细描董建与杜鹏飞等一组文章，展示作者与艺术家们的惺惺相惜。而谈徽剧、系列读书笔记和一些著作序言等文字，涉猎广泛，见解独特。无论是怀念故乡亲情、记述人生履痕，还是友情品味、心境感悟，从中可以感受到作者乃至这一代人奋发作为与乐观自强的情感所依和精神之源，忠诚勤勉与和善万物的职责所在和立身之本，和而不同和襟怀坦荡的人生所系与君子之道，博览群书和饱经世事后的心灵所归与智慧之境。

严法也有特殊的一面。他少年时家境相对更加困窘，未见过面的技术员祖父蒙冤离世，孤儿过继来的父亲自卑自尊执拗暴躁，令他幼小时更加敏感坚强；他在大上海学习法律主科，却又爱好文学、历史和书法、戏曲艺术，兴趣广泛培养其文艺素养、历史视野；数十年工作职位与生活境遇迁升，既乡土又城市，文化的隔与融，必然生发情怀深处的感喟并促进人生历练的成熟；作为家庭中长子、丈夫、父亲、爷爷多重圆满角色，人生充盈浓浓亲情。这些特殊性，也影响其性情、心理，在拥有60年代人群体共性成长史和价值观的同时，也带来严法笔下别具特色的深挚记忆、细腻体验、哲理省思与艺术表达。

作者《后记》所述，自己佩服苏东坡，尤其欣赏他的《和子由渑池怀旧》一诗，并取其前四句意蕴定书名为《踏雪留痕》。苏轼这首诗浑厚地展示了无法预测的自然与社会风霜下亲情流离命运和万物生命况味。世事无常，人生偶然，如“鸿飞东西”，动荡无定的境遇中，命运、身份、心理均不可自己把握，由哀而释的禅意自解乃其吟咏主调。与苏东坡们不同的是，严法这一代人生活在崭新的时代，人生轨迹变动而又既定，心灵之途多梦而又终于现实；外在的华丽多变与内心的五彩缤纷构成这一代人的生命主旋律；不懈的生命跋涉与丰富的内心体验，最终形成其立意“踏雪留痕”而显现的“雪泥鸿爪”般坚毅亮洁与自律旷达的精神特质。

这也是《踏雪留痕》这本书的主调。与沸腾的时代同行，现实铺就了人生的晶莹旷野，向真向善向美的使命意识始终鼓动着作者的理想双翼；而这理想转为实践的不竭动力，一步一个脚印；鸿飞东西，而方向与真心永在！

（作者系合肥工业大学出版社副社长，博士，编审，全国新闻出版行业领军人才）